451 STOPNI FAHRENHEITA

Ray Bradbury

451 STOPNI FAHRENHEITA

Przełożył Wojciech Szypuła

Wydawnictwo MAG
Warszawa 2018

Tytuł oryginału: *Fahrenheit 451*

Redakcja: Sylwia Sandowska-Dobija
Korekta: Elwira Wyszyńska
Projekt typograficzny, skład i łamanie: Tomek Laisar Fruń
Projekt graficzny serii, projekt okładki oraz
ilustracja na okładce: Dark Crayon
Nazwa serii: Vanrad
Redaktor serii: Andrzej Miszkurka

ISBN 978-83-7480-922-1
Wydanie I

Wydawca: Wydawnictwo MAG
ul. Krypska 21 m. 63, 04-082 Warszawa
tel./fax 228134743
e-mail: kurz@mag.com.pl
www.mag.com.pl

Wyłączny dystrybutor: Firma Księgarska Olesiejuk
Spółka z ograniczoną odpowiedzialnością S.K.A.
ul. Poznańska 91, 05-850 Ożarów Maz.
tel. 227213000
www.olesiejuk.pl

Druk i oprawa: CPI Moravia Books s.r.o.

Donowi Congdonowi,
z wdzięcznością.

451 stopni Fahrenheita: temperatura, w której papier książkowy zajmuje się ogniem i spala.

Jeżeli dadzą ci papier w linie, pisz w poprzek nich.
Juan Ramón Jiménez

część pierwsza

POŻOGA I SALAMANDRA

Przyjemnie było palić.

Szczególną przyjemność sprawiało mu patrzenie, jak żar pochłania przedmioty, jak czerni je i przeobraża. Kiedy ściskał w rękach mosiężną dyszę, kiedy gigantyczny pyton pluł jadowitą naftą na świat, krew tętniła mu w skroniach, a jego dłonie stawały się dłońmi jakiegoś niewiarygodnego dyrygenta, który wygrywając wszystkie ogniste symfonie, obala zwęglone szczątki i zgliszcza historii. W nałożonym na stateczną głowę hełmie z symbolicznym oznaczeniem 451, z oczyma pałającymi pomarańczowym ogniem na myśl o tym, co wydarzy się za chwilę, uruchamiał zapalnik... i dom stawał w żarłocznych płomieniach, od których wieczorne niebo przybierało odcienie czerwieni, żółci i czerni. Przechadzał się wśród roju świetlików. Jak w tym starym dowcipie, odczuwał nieprzepartą pokusę, żeby zatknąć słodką piankę na patyk i włożyć ją w sam środek tego piekła. Książki trzepotały, skrzydlate jak gołębie, i umierały na werandzie i trawniku przed domem, ginęły w wirach iskier, rozwiewanych czarnym wiatrem pożogi.

Z twarzy Montaga nie schodził zawzięty uśmiech, typowy dla ludzi, których ogień przypalił i zmusił do wycofania się.

Wiedział, że kiedy wróci do remizy i zobaczy w lustrze uczernionego osmolonym korkiem komedianta, być może mrugnie porozumiewawczo sam do siebie. Później, kładąc się spać, nadal będzie czuł ten ognisty uśmiech wykrzywiający mu w ciemności twarz. Bo ten uśmiech nigdy nie znikał. Nigdy. Odkąd pamiętał, nie schodził mu z twarzy.

***

Zdjął czarny jak owadzi pancerz kask, wypolerował go i odłożył na miejsce. Starannie odwiesił ognioodporną kurtkę. Wziął długi prysznic, po czym – pogwizdując, z dłońmi w kieszeniach – przeszedł przez całe piętro remizy i skoczył do dziury. Dopiero w ostatniej chwili, gdy tragedia zdawała się nieunikniona, wyciągnął ręce z kieszeni i złapał się złotego słupa. Wyhamował z piskiem, jego buty zawisły o cal nad betonową posadzką parteru.

Była północ, kiedy wyszedł z remizy i ciemną o tej porze ulicą przeszedł na stację metra. Napędzany ciśnieniem powietrza pociąg bezszelestnie przemknął próżniowym tunelem i w potężnym ciepłym podmuchu wypluł Montaga na wyłożone kremowymi płytkami ruchome schody, mające wynieść go na poziom przedmieścia.

Wciąż pogwizdywał pod nosem, gdy owionęło go nieruchome nocne powietrze. Ruszył w stronę skrzyżowania, myśląc niewiele i o niczym konkretnym. Zanim jednak doszedł do rogu, zwolnił kroku, jakby nagle, nie wiedzieć skąd, powiał wiatr. Jakby ktoś zawołał go po imieniu.

Przez ostatnie kilka wieczorów, kiedy w świetle gwiazd wracał tą drogą do domu, ten zakręt wprawiał go w dziwny niepokój; odnosił wrażenie, że jeszcze przed chwilą, tuż przed tym, jak skręcił na skrzyżowaniu, na chodniku ktoś stał. Powietrze zdawało się naładowane szczególnym rodzajem spokoju, jakby ktoś tam na niego czekał, po czym tuż przed jego nadejściem wycofywał się w cień i pozwalał mu przejść. Może zwęszył ulotny zapach perfum; może skóra na jego twarzy i wierzchu dłoni reagowała na zmianę temperatury po tym, jak powietrze ogrzało się przelotnie o dziesięć stopni od stojącego tu przez dłuższy czas człowieka. Nie rozumiał tego. Za każdym razem, gdy skręcał za róg, widział tylko biały, nieużywany, wybrzuszający się chodnik; może, tylko może, którejś nocy coś mignęło mu po drugiej stronie trawnika, zanim zdążył się odezwać lub choćby zogniskować wzrok.

Jednakże dzisiaj, podchodząc do zakrętu, zwolnił tak bardzo, że prawie się zatrzymał. Natężył zmysły, puścił je przodem, sięgnął nimi za węgieł budynku i wychwycił najcichszy z możliwych szept. Czyjś oddech? A może sama obecność kogoś, kto tam czekał, wystarczyła, żeby powietrze zadrżało?

Skręcił za róg.

Jesienne liście przepływały po chodniku skąpanym w blasku księżyca w taki sposób, że idąca nim dziewczyna zdawała się płynąć, unoszona wiatrem. Lekko pochylona, patrzyła, jak jej buty roztrącają wirujące liście. Twarz miała szczupłą, białą jak mleko. Malująca się na niej łagodna zachłanność łączyła się z niewyczerpaną ciekawością otaczającego ją świata; można by pomyśleć, że dziewczyna trwa w stanie wiecznego zadziwienia. Nic nie mogło ujść jej czujnym ciemnym oczom. Jej biała sukienka szeptała.

Miał wrażenie, że prawie słyszy ruch jej dłoni, a po chwili do jego uszu dobiegł jeszcze inny, ledwie uchwytny odgłos, dźwięk podnoszonej głowy, gdy dziewczyna odkryła, że zaledwie ułamek sekundy dzieli ją od zderzenia z człowiekiem, który czeka na nią pośrodku chodnika.

Z drzew nad ich głowami sypał się głośny, suchy deszcz. Dziewczyna zatrzymała się gwałtownie, jakby miała zamiar się cofnąć, zaskoczona, lecz zamiast tego tylko obrzuciła Montaga spojrzeniem oczu tak ciemnych, błyszczących i żywych, że poczuł, jakby powiedział jej coś najzupełniej niesamowitego – chociaż miał zarazem świadomość, że jego usta ułożyły się tylko w „dobry wieczór".

– Mieszka tu pani od niedawna, prawda? – zagadnął, gdy jej wzrok przykuła najpierw salamandra na jego ramieniu, a potem feniks na piersi.

– A pan musi być... – przeniosła wzrok z insygniów jego profesji na twarz – ... tym strażakiem.

– Dziwne słowa.

– Poznałabym... z zamkniętymi oczami – powiedziała powoli.

– Po zapachu nafty? – Roześmiał się. – Żona stale się skarży. Nie da się go zmyć tak do końca.

– Rzeczywiście – przytaknęła z nabożnym szacunkiem. – Nie da się.

Miał wrażenie, że dziewczyna obchodzi go dookoła, obraca na wszystkie strony, wywraca do góry nogami, bezgłośnie potrząsa nim i opróżnia mu kieszenie – a wszystko to w całkowitym bezruchu.

– Nafta – podjął po chwili, gdy milczenie się przedłużało – jest dla mnie jak perfumy.

– Naprawdę tak właśnie ją pan odbiera?

– Ależ naturalnie. Dlaczego nie?

Dała sobie chwilę na przetrawienie jego słów.

– Nie wiem – powiedziała i odwróciła się w kierunku, z którego przyszła. – Odprowadziłby mnie pan do domu? Nazywam się Clarisse McClellan.

– Jestem Guy Montag. Chodźmy, Clarisse. Co robisz tak późno sama w tej okolicy? Ile masz lat?

Szli posrebrzonym chodnikiem, owiewani ciepło-chłodnym podmuchem wieczoru. W powietrzu unosiły się ledwie uchwytne wonie świeżych moreli i truskawek. Montag rozejrzał się z niedowierzaniem: to niemożliwe, nie o tej porze roku.

Zobaczył tylko idącą u jego boku dziewczynę, której twarz w świetle księżyca była biała jak śnieg. Wiedział, że obraca jego pytania w głowie i szuka najlepszych odpowiedzi.

– No dobrze – odezwała się w końcu. – Mam siedemnaście lat i lekkiego hyzia. Mój wujek twierdzi, że te dwie rzeczy zawsze idą w parze. Kiedy ktoś cię zapyta, ile masz lat, poradził mi, zawsze odpowiadaj, że siedemnaście i hyzia. Czy taki wieczór to nie miła pora na spacer? Lubię oglądać różne rzeczy, wciągać ich zapach... Czasem spaceruję przez całą noc, a potem obserwuję wschód słońca.

Znów przez chwilę szli w milczeniu.

– Wie pan, zupełnie się pana nie boję – przyznała w zamyśleniu.

– Dlaczego miałabyś się mnie bać? – zdumiał się.

– Wielu ludzi się boi. Was, strażaków. Ale pan jest całkiem zwyczajnym człowiekiem...

Zobaczył swoje odbicie w jej oczach, zawieszone w dwóch lśniących kropelkach wody, malutkie, ciemne, ze wszystkimi szczegółami, z bruzdami wokół ust... Wszystko było na swoim miejscu, jakby jej oczy były dwoma cudownymi okruchami fioletowego bursztynu, zdolnego pochwycić go i przechować w nienaruszonym stanie. Jej twarz, zwrócona teraz ku niemu, przypominała kruchy mleczny kryształ, rozjarzony od wewnątrz stałym, łagodnym blaskiem. Nie było to histeryczne światło elektryczności, lecz... Co właściwie? Osobliwie kojąca, rozmiękczona i łagodnie pochlebna poświata świecy. Któregoś dnia, gdy był jeszcze dzieckiem, w domu zabrakło prądu. Matka odszukała i zapaliła ostatnią świeczkę i przez godzinę na nowo odkrywali tę szczególną światłość, w której przestrzeń traciła swoją rozległość i otaczała ich przytulnie, i byli w niej sami, tylko we dwoje, matka i syn, przeobrażeni i złączeni w nadziei, że elektryczność nie wróci zbyt szybko...

– Mogę o coś zapytać? – odezwała się znienacka Clarisse. – Od jak dawna jest pan strażakiem?

– Od dekady. Odkąd skończyłem dwadzieścia lat.

– Czyta pan czasem książki, które pan pali?

Roześmiał się.

– To wbrew prawu.

– No tak. Naturalnie.

– To porządna praca. W poniedziałek spal Millay, w środę Whitmana, w piątek Faulknera. Spal ich na popiół, a potem spal popiół. To nasz oficjalny slogan.

Znowu przeszli kawałek bez słowa.

– Czy to prawda, że dawno temu strażacy gasili pożary, zamiast je wzniecać? – zapytała Clarisse.

– Nie. Domy zawsze były niepalne, możesz mi wierzyć.

– To dziwne. Podobno w przeszłości zdarzało się, że dom przez przypadek stawał w ogniu, i wtedy potrzebni byli strażacy, by powstrzymać rozprzestrzenianie się pożaru.

Montag parsknął śmiechem.

Obejrzała się na niego.

– Dlaczego się pan śmieje?

– Nie wiem. – Znów zaczął się śmiać, ale szybko się pohamował. – A co?

– Wybucha pan śmiechem, mimo że wcale nie jestem zabawna. I odpowiada pan tak od razu, bez namysłu. W ogóle się pan nie zastanawia nad tym, o co pytam.

Zatrzymał się.

– Przedziwna z ciebie osóbka – przyznał, patrząc na nią. – Nie ma w tobie ani krzty szacunku?

– Nie chciałam pana obrazić. Po prostu... chyba za bardzo lubię przyglądać się ludziom.

– Czy to coś w ogóle dla ciebie znaczy? – Postukał palcem w cyfry 451 wyhaftowane na czarnym jak węgiel rękawie.

– Tak – przytaknęła szeptem. Przyśpieszyła kroku. – Przyglądał się pan kiedyś odrzutowozom pędzącym po bulwarach?

– Zmieniasz temat!

– Czasem sobie myślę, że kierowcy nie wiedzą, czym jest trawa albo kwiaty, bo nigdy nie widzą ich w bezruchu. Gdyby pokazać kierowcy rozmazaną zieloną plamę, to powie, że tak właśnie wygląda trawa. Różową plamę? Toż to ogród różany! Białe plamy to domy, brązowe to krowy... Wujek przejechał kiedyś powoli po autostradzie: jechał czterdzieści mil na godzinę i trafił za to na dwa dni do więzienia. Czy to nie jest zabawne? I zarazem smutne?

– Za dużo myślisz – odpowiedział nerwowo Montag.

– Rzadko oglądam ścianowizję, bywam na wyścigach czy w wesołym miasteczku. Pewnie dlatego mam mnóstwo czasu na niemądre rozmyślania. Widział pan te długie na dwieście stóp billboardy za miastem? A wie pan, że kiedyś billboardy mierzyły zaledwie dwadzieścia stóp? Ale pojazdy zaczęły pędzić tak szybko, że twórcy reklam musieli je powiększyć, żeby dłużej działały.

– Nie miałem o tym pojęcia! – Montag zatrząsł się od śmiechu.

– Założę się, że wiem więcej rzeczy, z których nie zdaje pan sobie sprawy. Rankiem na trawie jest rosa.

Nie mógł sobie przypomnieć, czy wiedział o tym wcześniej, czy nie. To było irytujące.

– A jak się dobrze przyjrzeć, można zobaczyć człowieka na księżycu. – Skinęła głową.

Dawno nie patrzył w niebo.

Resztę drogi przebyli w milczeniu – dla niej pełnym zadumy, dla niego krępującym i dusznym. Co rusz rzucał jej oskarżające spojrzenia.

– Co się stało? – zapytał. Rzadko widywał aż tyle świateł zapalonych w domu.

– Nic takiego: mama, tato i wujek siedzą i rozmawiają. To coś podobnego jak chodzenie pieszo, tylko jeszcze rzadsze. Mój wujek został przy innej okazji aresztowany za chodzenie pieszo, mówiłam panu o tym? Jesteśmy naprawdę osobliwą rodziną.

– Ale o czym tak rozmawiacie?

Tym razem to ona się roześmiała.

– Dobranoc. – Weszła na dróżkę prowadzącą do drzwi, ale nagle jakby sobie o czymś przypomniała, bo odwróciła się i spojrzała na Montaga z zafascynowaniem. – Czy jest pan szczęśliwy?

– Czy jestem jaki?! – odkrzyknął.

Ale jej już nie było. Śmignęła w blasku księżyca i drzwi cicho zamknęły się za nią.

***

– Szczęśliwy! Co za bzdura!

Przestał się śmiać. Wsunął dłoń w rękawicznię w drzwiach. Rozpoznała jego dotyk i drzwi się otworzyły, przesuwając się w bok.

Oczywiście, że jestem szczęśliwy. A co ona myśli, że nie? – zagadnął puste wnętrze domu.

Stał w przedpokoju, patrząc na kratkę wywietrznika, gdy nagle przypomniał sobie, że coś tam leży, coś ukrytego, co w tej chwili zdawało się patrzeć na niego z góry. Pośpiesznie spuścił wzrok.

Cóż za niezwykłe spotkanie. Cóż za niezwykła noc. Przypominał sobie tylko jedno podobne wydarzenie, sprzed roku, kiedy spotkał w parku starego człowieka i z nim rozmawiał...

Pokręcił głową i zapatrzył się na pustą ścianę. Zobaczył tam twarz dziewczyny, która w jego wspomnieniu była autentycznie piękna. Zdumiewająco piękna, prawdę mówiąc, choć przy tym bardzo drobna, jak cyferblat niewielkiego zegara majaczący w środku nocy w ciemnym pokoju, kiedy człowiek budzi się i chce sprawdzić, która godzina, a zegar wskazuje mu godzinę, minutę i sekundę białą ciszą i poświatą tarczy, pewny siebie i świadomy tego, co ma do powiedzenia o prędkim przemijaniu nocy, zmierzającej zarazem ku głębszym ciemnościom i ku nowemu wschodowi słońca.

No co? – zapytał Montag drugiego siebie, tego podświadomego idiotę, któremu zdarzało się czasem bełkotać bez ładu i składu, zupełnie niezależnego od woli, przyzwyczajeń i sumienia.

Jeszcze raz zerknął na ścianę. Oblicze dziewczyny przywodziło też na myśl zwierciadło – co przecież było niemożliwe: ilu znał ludzi, których twarze odbijałyby jego własne światło? Ludzie byli raczej jak... szukał odpowiedniego porównania... jak pochodnie płonące jasno, aż do całkowitego wypalenia. Niezwykle rzadko zdarzało się, żeby twarz spotkanej osoby przyjmowała coś od niego i odpowiadała mu jego własnym grymasem; jego własną tajemną, skrywaną, rozedrganą myślą.

Dziewczyna była niesamowicie spostrzegawcza, jak nadzwyczaj bystry widz przedstawienia z udziałem marionetek, przewidujący każde mrugnięcie powieki, każdy gest dłoni, każdy ruch palca na ułamek sekundy przed tym, nim rzeczywiście się rozpoczął. Jak długo szli razem, trzy minuty? Pięć? A jakże długi wydawał mu się teraz ten czas. Jak potężną postacią rysowała się przed nim na scenie; jak ogromny cień rzucała jej szczupła sylwetka! Miał wrażenie, że gdyby nagle zaswędziało go oko, ona by zamrugała. Gdyby mięśnie jego szczęk naprężyły się niedostrzegalnie, ona ziewnęłaby na długo przed tym, jak on zdążyłby to zrobić.

Właściwie, pomyślał, gdyby się nad tym zastanowić, to przecież można odnieść wrażenie, że na mnie czekała tam, za rogiem, mimo diabelnie późnej pory...

Otworzył drzwi do sypialni.

Jakby wszedł do zimnego marmurowego mauzoleum po zachodzie księżyca. Całkowita ciemność, ani śladu srebrnego świata na zewnątrz, szczelnie zamknięte okna, pokój jak grób, do którego nie przenikają żadne dźwięki wielkiego miasta.

Pokój nie był pusty. Montag nadstawił ucha.

Ciche buczenie w powietrzu, jakby tańczącego komara, elektryczny pomruk osy ukrytej w różowym przytulnym gnieździe. Muzyka niemal dość głośna, by mógł zanucić melodię.

Poczuł, jak jego uśmiech topi się, spływa mu z twarzy, zapada się w sobie jak łojowa otulina, tworzywo pięknej świecy, która nazbyt długo płonęła, a teraz zaklęsa się i gaśnie. Ciemność. Nie był szczęśliwy. Nie był szczęśliwy. Powiedział to na głos. Stwierdził, że tak właśnie wygląda prawda. Nosił swoją szczęśliwość jak maskę, a potem dziewczyna zabrała mu ją i uciekła przez trawnik, a on nie miał jak do niej pójść i prosić o zwrot.

Nie włączając światła, przywołał w wyobraźni obraz pokoju. Jego żona wyciągnięta na łóżku, nieprzykryta i zimna jak ciało wyłożone na pokrywie sarkofagu, oczy utkwione w sufit, przytrzymywane niewidzialnymi stalowymi niteczkami, nieruchome. W uszach mocno wbite maleńkie muszelki, radioodbiorniki wielkości naparstka, a w nich – elektroniczny ocean dźwięku: muzyka i głosy, muzyka i głosy wzbierające i roztrzaskujące się o brzegi jej nieuśpionego umysłu. Pokój jednak był pusty. Co wieczór potężne fale dźwięku zagarniały ją i niosły bezwładną, z szeroko otwartymi oczami, aż do poranka. Przez ostatnie dwa lata nie było ani jednej nocy, kiedy

Mildred nie pławiłaby się w tym morzu, nie zanurzała się w nim z przyjemnością po raz trzeci.

Mimo panującego w pokoju chłodu miał wrażenie, że nie ma czym oddychać. Nie chciał odsuwać zasłon i otwierać przeszklonych drzwi, aby nie wpuszczać do środka światła księżyca, dlatego jak człowiek, który wie, że w ciągu najbliższej godziny udusi się z braku powietrza, po omacku zaczął szukać drogi do swojego odsłoniętego, osobnego i przez to zimnego łóżka.

Ułamek sekundy przed zahaczeniem stopą o przedmiot leżący na podłodze wiedział już, że o niego zahaczy – uczucie dosyć podobne do tego, jakiego doświadczył tuż przed tym, jak skręcił za róg i niemal zderzył się z dziewczyną. Jego poruszająca się noga wysłała przed siebie wibracje i odebrała ich echo odbite od niewielkiej przeszkody. Stopa kopnęła. Przedmiot zadźwięczał głucho, metalicznie i przemieścił się w ciemności.

Montag stał wyprostowany i wśród niczym niezmąconej nocy wsłuchiwał się w dźwięki wydawane przez leżącą na ciemnym łóżku osobę. Tchnienie wydobywające się przez nos było tak słabe, że ledwie muskało najdalsze obrzeża życia, mały listek, czarne piórko, pojedynczy włos.

Nadal nie chciał wpuszczać do pokoju światła z zewnątrz. Wyjął zapalnik, wymacał grawerowaną na srebrnym krążku salamandrę, pstryknął...

W blasku malutkiego płomienia trzymanego w rękach dostrzegł patrzące na niego dwa jasne, białe jak księżyc kamienie, zatopione niczym w czystej wodzie w strudze życia, która przepływała nad nimi, nie dotykając ich.

– Mildred!

Jej twarz była jak przysypana śniegiem wyspa, na którą mógł spaść deszcz, lecz ona żadnego deszczu nie czuła; na którą chmury mogły rzucać swoje ruchome cienie, lecz ona pozostawała nieświadoma ich muśnięć. Był tylko śpiew naparstkowych os w jej zatkanych na głucho uszach, ledwo słyszalny słaby wdech-wydech wpływający do jej nozdrzy i wypływający z powrotem oraz jej całkowita obojętność na jego wpływanie i wypływanie.

Odkopnięty przedmiot przeturlał się i lśnił teraz pod jego łóżkiem: mała kryształowa fiolka po środkach nasennych. Wcześniej tego samego dnia zawierała trzydzieści kapsułek, w tej chwili mieniła się w świetle małego płomyka odkorkowana i pusta.

Kiedy tak stał, niebo nad domem ryknęło. Rozległ się ogłuszający trzask, jakby dwie olbrzymie dłonie rozdarły szew łączący dziesięć tysięcy mil czarnego płótna. Montag rozpękł się na dwoje, czuł, jak coś go rozpoławia, rozrywa mu pierś. Odrzutowe bombowce leciały, leciały, leciały, jeden i drugi, jeden i drugi, sześć, dziewięć, dwanaście, jeden, jeden, jeden i jeszcze jeden, i jeszcze, i jeszcze. Wyręczyły go w krzyku. Otworzył usta i słuchał, jak jazgot maszyn spada z nieba i wyrywa mu się spomiędzy zębów. Dom się zatrząsł. Zapalnik zgasł mu w dłoni. Księżycowe kamienie zniknęły. Jego ręka zanurkowała po telefon.

Samoloty zniknęły. Poczuł, że poruszającymi się ustami muska mikrofon w telefonie.

– Pogotowie ratunkowe.

Okrutny szept.

Czuł, że łoskot czarnych samolotów zdruzgotał gwiazdy; spodziewał się, że rankiem ich popiół pokryje ziemię niczym jakiś osobliwy śnieg. Tak właśnie myślał jego wewnętrzny idiota, gdy on stał roztrzęsiony w ciemności i bezwiednie poruszał i poruszał ustami.

***

Mieli taką specjalną maszynę. Właściwie to mieli dwie maszyny. Jedna wślizgiwała się człowiekowi do brzucha niczym czarna kobra zsuwająca się w głąb dudniącej echem studni w poszukiwaniu zebranych na jej dnie starej wody i starego czasu. Spijała zieloną materię, która wypływała do góry jak gotowana na wolnym ogniu. Czy wypijała też mrok? Czy wysysała wszystkie nagromadzone przez lata trucizny? Pożywiała się w milczeniu, z rzadka tylko wydając takie dźwięki, jakby dławiła się lub poszukiwała czegoś na oślep. Miała Oko. Bezduszny operator maszyny mógł za pośrednictwem specjalnego hełmu optycznego zajrzeć w głąb duszy wypompowywanego człowieka. Co zobaczyło Oko? Nie powiedział. Widział, a jednocześnie nie widział, co zobaczyło Oko. Cała operacja przywodziła na myśl kopanie rowu na podwórku. Leżąca na łóżku kobieta była zaledwie warstwą twardego marmuru, do której się dokopali. Dalej, mocniej, naparli świdrem i wypłukali pustkę, o ile taką rzecz można było wywnioskować z pulsowania węża ssącego. Operator stał i ćmił papierosa.

Druga maszyna również pracowała pełną parą, obsługiwana przez tak samo beznamiętnego mężczyznę w plamoodpornym czerwono-brunatnym fartuchu. Wypompowywała z ciała całą krew i zastępowała ją świeżą surowicą i nowymi krwinkami.

– Trzeba zrobić jedno i drugie – wyjaśnił stojący nad milczącą kobietą operator maszyny. – Nie ma sensu płukać żołądka, jeśli nie oczyści się krwi. Gdyby zostawić to świństwo we krwi, wali prosto w mózg jak młotem, bam! i tak ze dwa tysiące razy, a wtedy mózg się poddaje i po prostu przestaje działać.

– Proszę sobie darować! – zażądał Montag.

– Tak tylko mówię.

– Czy to koniec?

Wyłączyli maszyny.

– Tak, to koniec. – Jego złość się ich nie imała. Stali nieruchomo, wydmuchiwane przez nos kłęby dymu szły im do oczu, a oni nie mrugali ani nawet nie mrużyli powiek. – Pięć dyszek się należy.

– Może byście mi najpierw panowie powiedzieli, czy wszystko z nią w porządku?

– Pewnie, że w porządku. Całe świństwo jest teraz tutaj, w tym pudle; już jej nie zrobi krzywdy. Tak jak powiedziałem, wypompowuje się starą krew, przetacza świeżą i człowiek jest jak nowy.

– Żaden z panów nie jest lekarzem. Dlaczego nie przysłali lekarza z pogotowia?

– Rety... – Papieros drgnął w ustach operatora maszyny. – Takich wezwań mamy każdej nocy z dziewięć, dziesięć. Zaczęło się parę lat temu, od tamtej pory jest ich tyle, że zleciliśmy skonstruowanie tych specjalnych maszyn. Takich z obiektywem, ma się rozumieć, bo to są prawdziwe nówki; reszta to starocie. Do takich przypadków nie trzeba lekarza, wystarczy dwóch techników, którzy w pół godziny załatwią sprawę. – Mężczyzna skierował się do wyjścia. – Posłuchaj pan, musimy iść: właśnie dostałem na naparstek następne wezwanie, dziesięć przecznic stąd. Znowu ktoś nałykał się tabletek. W razie potrzeby niech pan dzwoni. A jej proszę zapewnić spokój. Wstrzyknęliśmy jej środek pobudzający, obudzi się głodna jak wilk. Do zobaczyska.

I dwaj mężczyźni – z oczami węży i papierosami w zaciśniętych w kreskę ustach – zabrali maszynerię, przewody, pudło z melancholią w płynie oraz pojemnik z gęstą, ciemną, bezimienną mazią i bez pośpiechu wyszli.

Montag osunął się na krzesło i spojrzał na kobietę. Miała delikatnie przymknięte oczy. Przyłożył dłoń do jej ust, poczuł na skórze ciepło oddechu.

– Mildred – powiedział w końcu.

Jest nas za dużo, pomyślał. Są nas miliardy. Za dużo. Nikt nikogo nie zna. Obcy przychodzą i profanują twoje ciało. Obcy przychodzą i wycinają ci serce. Obcy przychodzą i zabierają ci krew. Na Boga, kim byli ci dwaj? Nigdy przedtem nie widziałem ich na oczy!

Minęło pół godziny.

Nowa krew w żyłach kobiety całą ją odnowiła. Jej policzki się zaróżowiły, usta nabrały życia i koloru, wydawały się miękkie i odprężone. Cudza krew. Szkoda, że nie cudze ciało, umysł i pamięć. Szkoda, że nie dało się zabrać jej mózgu do pralni chemicznej, opróżnić mu kieszeni, wyczyścić go, odprasować, schludnie poskładać i rano odstawić do domu. Szkoda...

Wstał, rozsunął zasłony i otworzył przeszklone drzwi na oścież, wpuszczając do pokoju nocne powietrze. Była druga w nocy. Czy to możliwe, żeby upłynęła zaledwie godzina od chwili, gdy spotkał Clarisse McClellan, wrócił do domu i zahaczył stopą o kryształową fiolkę? Tylko godzina, a świat wokół niego roztopił się i rozpłynął, po czym stężał w nowy, bezbarwny kształt.

Śmiech niosący się ponad oblanym księżycową poświatą trawnikiem od strony domu Clarisse, jej ojca, matki i wujka, który uśmiechał się tak dyskretnie i tak szczerze, był serdeczny, swobodny i całkowicie niewymuszony – dobiegał z domu, w którym do późna w noc świeciło się mnóstwo świateł, podczas gdy inne domy wolały tkwić w ciemności sam na sam ze sobą. A głosy brzmiały, brzmiały, brzmiały i wciąż na nowo tkały hipnotyzującą sieć.

Wyszedł przez otwarte drzwi, bez zastanowienia przeciął trawnik i stanął w cieniu pod tamtym rozgadanym domem. Przyszło mu do głowy, że mógłby zapukać do drzwi i szepnąć: „Wpuśćcie mnie. Nikomu nie powiem. Chcę tylko posłuchać. O czym rozmawiacie?”.

Zamiast tego stał jak wmurowany, przemarznięty, z twarzą jak lodowa maska, i słuchał nieśpiesznie płynących słów mężczyzny (wujka?):

– No, jak by nie patrzeć, żyjemy w epoce chusteczek jednorazowych. Wydmuchaj nos w drugiego człowieka, zgnieć go w dłoni, spuść w toalecie. Wydmuchaj, zgnieć, spuść. Wszyscy smarkają wszystkim w poły fraków. Jak kibicować miejscowej drużynie, kiedy nie znasz nazwisk ani nie masz programu widowiska? Prawdę powiedziawszy, nie wiesz nawet, jakie noszą stroje, kiedy wybiegają na boisko.

Montag wrócił do siebie, ale zostawił otwarte drzwi. Sprawdził, jak się miewa Mildred, otulił ją starannie kocem, a potem wyciągnął się na łóżku. Blask księżyca srebrzył mu kości policzkowe i nachmurzone czoło, odcedzał się w oczach i tworzył w nich srebrne katarakty.

Jedna kropla deszczu. Clarisse. Druga. Mildred. Trzecia. Wujek. Czwarta. Dzisiejszy pożar. Jedna, Clarisse. Dwie, Mildred. Trzy, wujek. Cztery, pożar, jedna, Mildred, dwie, Clarisse. Jedna, dwie, trzy, cztery, pięć, Clarisse, Mildred, wujek, pożar, tabletki nasenne, mężczyźni, chusteczki jednorazowe, poły fraka, wydmuchaj, zgnieć, spuść, Clarisse, Mildred, wujek, pożar, tabletki, chusteczki, wydmuchaj, zgnieć, spuść. Jedna, dwie, trzy, jedna, dwie, trzy! Deszcz. Burza. Śmiech wujka. Grzmot przewalający się po schodach. Ulewa świata. Ogień wzbierający w wulkanie. Wszystko pędzące w wielkim, huczącym wirze, wezbrany strumień, rzeka pędząca ku porankowi.

– Już nic nie wiem – powiedział.

Pozwolił, żeby tabletka nasenna rozpuściła mu się na języku.

***

O dziewiątej rano łóżko Mildred było puste.

Zerwał się z bijącym sercem, wybiegł do przedpokoju i stanął przed drzwiami do kuchni.

Pająkowata metalowa łapa pochwyciła tost, który wyskoczył ze srebrnego tostera, i unurzała go w roztopionym maśle.

Mildred patrzyła, jak tost ląduje na jej talerzu. Uszy miała zatkane elektronicznymi pszczołami, których buczenie uprzyjemniało jej upływ czasu. Znienacka podniosła wzrok, zobaczyła Montaga i skinęła mu głową.

– Dobrze się czujesz? – zapytał.

Dziesięć lat z muszelkami uczyniło z niej mistrzynię czytania z ruchu warg. Ponownie skinęła głową i włączyła terkoczący toster, wrzuciwszy do niego nową kromkę chleba.

Montag usiadł.

– Nie rozumiem, dlaczego jestem taka głodna – powiedziała jego żona.

– Wczoraj w nocy...

– Jak wilk!

– Wczoraj w nocy...

– Źle spałam. Fatalnie się czuję. Boże, ależ jestem głodna. Nie pojmuję tego.

– Wczoraj w nocy... – zaczął po raz trzeci.

Jednym okiem zerknęła na jego poruszające się wargi.

– Co wczoraj w nocy?

– Nie pamiętasz?

– Czego? Czyżbyśmy zabalowali? Czuję się jak na kacu. Boże, jaka jestem głodna. Kto u nas był?

– Paru znajomych.

– Tak myślałam. – Ugryzła kawałek tostu. – Brzuch mnie boli, ale zjadłabym konia z kopytami. Mam nadzieję, że nie wygłupiłam się na imprezie.

– Nie – zapewnił ją półgłosem.

Pajęczy toster podsunął teraz jemu umaślony tost. Z wdzięcznością wziął go do ręki.

– Ty też nie wyglądasz za dobrze – orzekła jego żona.

***

Późnym popołudniem spadł deszcz. Cały świat zrobił się ciemnoszary. Montag stał w przedpokoju i przypinał sobie odznakę z pomarańczową sylwetką płonącej salamandry. Długo wpatrywał się w kratkę wywietrznika.

Jego żona, siedząca w salonie, oderwała się na chwilę od lektury scenariusza i podniosła wzrok.

– Oho – mruknęła. – Ten człowiek myśli.

– Owszem – przytaknął. – Chciałem z tobą porozmawiać. – Zawiesił głos. – Wczoraj w nocy połknęłaś wszystkie tabletki z fiolki.

– Niemożliwe – odparła zdumiona. – Nie zrobiłabym czegoś takiego.

– Fiolka była pusta.

– Nigdy bym tego nie zrobiła. Po co miałabym robić coś takiego?

– Może wzięłaś dwie tabletki, zapomniałaś o tym, znowu wzięłaś dwie, a potem zrobiłaś się trochę otępiała i powtarzałaś łykanie po dwie, aż przyjęłaś wszystkie trzydzieści czy czterdzieści.

– Jejku... Dlaczego miałabym zrobić coś tak niemądrego?

– Nie wiem.

Było widać, że czeka, aż on wyjdzie.

– Nie zrobiłam tego – powiedziała. – Nigdy bym tego nie zrobiła, choćby i za miliard lat.

– Skoro tak mówisz...

– Tak właśnie powiedziała ta dama – odparła i wróciła do scenariusza.

– Co leci dziś wieczorem? – zapytał znużonym głosem.

– Taka sztuka – odparła, nie podnosząc już wzroku. – Za dziesięć minut wchodzi na ścianowizję. Rano przysłali mi moją rolę w nagrodę za wysłane etykiety z płatków. Piszą scenariusz, w którym brakuje jednej roli; to jest taka nowinka. W tym wypadku ta brakująca rola to gospodyni domowa, czyli ja. We właściwym momencie wszyscy na mnie patrzą, ze wszystkich trzech ścian, a ja wypowiadam swoją kwestię. O, spójrz tutaj. Mężczyzna pyta: „Co sądzisz o tym nowym pomyśle, Helen?" i patrzy na mnie, siedzącą na środku sceny. Widzisz? I ja odpowiadam... odpowiadam... – Powiodła palcem pod linijką tekstu w scenariuszu. – „Uważam, że jest świetny!". Akcja toczy się dalej, aż w pewnym momencie ten mężczyzna znów pyta: „Zgadzasz się z tym, Helen?". A ja odpowiadam: „Ależ naturalnie!". Czy to nie fajne, Guy?

Stał w przedpokoju i patrzył na nią bez słowa.

– To bardzo fajne – powiedziała.

– O czym jest ta sztuka?

– Przecież już ci powiedziałam. Jest troje ludzi: Bob, Ruth i Helen.

– Aha.

– To naprawdę bardzo fajne, a zrobi się jeszcze fajniejsze, kiedy będzie nas stać na instalację czwartego ekranu. Jak myślisz, ile czasu musielibyśmy oszczędzać, żeby wyburzyć tę ścianę i wstawić czwarty ścianowizor? To tylko dwa tysiące dolarów.

– To jedna trzecia mojej rocznej pensji.

– To tylko dwa tysiące dolarów – powtórzyła. – Osobiście uważam, że powinieneś mnie czasem posłuchać. Gdybyśmy mieli czwartą ścianę, to ten pokój nie byłby już w ogóle nasz, tylko mógłby być różnymi pokojami różnych ciekawych ludzi. Moglibyśmy się obejść bez paru rzeczy...

– Już teraz obchodzimy się bez paru rzeczy, bo spłacamy trzecią ścianę. Mamy ją dopiero od dwóch miesięcy, zapomniałaś?

– Tak krótko? – Długo siedziała bez ruchu i patrzyła na niego w milczeniu. – No dobrze. Do widzenia, kochanie.

– Do widzenia – odpowiedział. W drodze do drzwi zatrzymał się i odwrócił. – Dobrze się kończy?

– Nie wiem, jeszcze nie doczytałam.

Podszedł do niej, przeczytał ostatnią stronę, pokiwał głową, złożył scenariusz i oddał go jej z powrotem. Wyszedł z domu na deszcz.

***

Deszcz słabł. Dziewczyna szła środkiem chodnika z zadartą głową, łapiąc nieliczne krople na twarz. Uśmiechnęła się na widok Montaga.

– Cześć!

Odpowiedział na jej powitanie i zapytał:

– Co znowu knujesz?

– Nadal mam hyzia. Deszcz jest taki przyjemny. Uwielbiam spacerować w deszczu.

– Mnie by się chyba nie spodobało – przyznał.

– Mogłoby, gdyby pan spróbował.

– Nigdy nie próbowałem.

Oblizała wargi.

– Nawet smak ma miły.

– Tym właśnie się zajmujesz? Chodzisz sobie i wszystkiego próbujesz po razie?

– Czasem po dwa razy.

Spojrzała na coś, co trzymała w dłoni.

– Co tam masz? – zainteresował się.

– Mlecz. Pewnie już ostatni w tym roku. Właściwie to nie sądziłam, że jeszcze jakiś znajdę. Słyszał pan kiedyś o łaskotaniu się mleczem pod brodą?

Musnęła się kwiatem po szyi i parsknęła śmiechem.

– Po co?

– Jeżeli zażółci skórę, to znaczy, że się zakochałam. Zażółcił?

– Masz żółtą szyję.

– Świetnie. Teraz pan.

– Na mnie to nie zadziała.

– No, dalej. – I zanim zdążył się odsunąć, musnęła go mleczem pod brodą. Roześmiała się, kiedy odruchowo się cofnął. – Proszę się nie ruszać!

Obejrzała szyję Montaga i zmarszczyła brwi.

– I co? – zapytał.

– Wielka szkoda – odparła. – Nie jest pan w nikim zakochany.

– Właśnie, że jestem!

– A nie widać.

– Jestem szaleńczo zakochany! – Próbował przybrać stosowny do tych słów wyraz twarzy, ale bezskutecznie. – Naprawdę!

– Proszę tak na mnie nie patrzeć...

– To wina tego mlecza, zużyłaś go całego na siebie. Dlatego na mnie już nie zadziałał.

– Z pewnością. Masz ci los, teraz przeze mnie się pan smuci. Widzę to. Bardzo przepraszam.

Dotknęła jego łokcia.

– Nie trzeba – zapewnił pośpiesznie. – Nic się nie stało.

– Na mnie już czas, proszę tylko powiedzieć, że mi pan wybacza. Nie chcę, żeby się pan na mnie gniewał.

– Nie gniewam się. Co najwyżej trochę mi smutno.

– Mam umówioną wizytę u psychiatry, dlatego muszę iść. Chodzę do niego, bo mi każą. Przychodzę i zmyślam. Nie wiem, co on o mnie myśli. Nazywa mnie „cebulką", a ja podsuwam mu kolejne warstwy do obrania.

– Zaczynam wierzyć, że psychiatra może ci być potrzebny.

– Wcale pan tak nie myśli.

Wziął głęboki wdech, wydmuchnął powietrze z płuc i w końcu odparł:

– Nie. Nie myślę.

– Psychiatra chce wiedzieć, dlaczego wychodzę z domu, włóczę się po lesie, obserwuję ptaki i zbieram motyle. Pewnego dnia pokażę panu moją kolekcję.

– Dobrze.

– Interesuje ich, co robię w wolnym czasie. Tłumaczę im, że czasem po prostu siedzę i rozmyślam, ale nigdy im nie mówię, o czym rozmyślam. Wkurzają się. A czasem opowiadam im, że lubię zadzierać głowę, o tak, i łapać deszcz w usta. Smakuje jak wino. Próbował pan kiedyś?

– Nie, ja...

– Ale wybaczył mi pan, prawda?

– Tak. – Zastanowił się przez chwilę. – Tak, wybaczyłem. Bóg jeden wie dlaczego. Jesteś osobliwa, działasz mi na nerwy, a jednak łatwo ci wybaczyć. Mówiłaś, że masz ile, siedemnaście lat?

– Skończę w przyszłym miesiącu.

– Niezwykłe. Niesamowite. Moja żona ma trzydzieści lat, a ty chwilami wydajesz się od niej znacznie starsza. Nie mieści mi się to w głowie.

– Pan też jest osobliwym człowiekiem, panie Montag. Chwilami zapominam nawet, że jest pan strażakiem. Mogę pana jeszcze trochę powkurzać?

– Śmiało.

– Jak to się zaczęło? Jak się pan w to wplątał? Jak wybrał pan swój zawód i jak w ogóle pomyślał pan o tym, żeby go wybrać? Nie jest pan taki jak inni; widziałam innych, wiem, co mówię. Kiedy rozmawiamy, patrzy pan na mnie. Kiedy w nocy powiedziałam coś o księżycu, od razu spojrzał pan na księżyc. Inni by tego nie zrobili; po prostu minęliby mnie i poszli sobie dalej, a ja bym tam stała i gadała sama do siebie. Albo zaczęliby mi grozić. Nikt już dla nikogo nie ma czasu. Pan jest jednym z nielicznych, którzy tolerują moje towarzystwo. Dlatego wydaje mi się to takie dziwne, że jest pan strażakiem. W jakiś sposób to do pana nie pasuje.

Czuł, jak jego ciało rozdziela się na dwie części, na gorąco i zimno, miękkość i twardość, drżenie i niedrżenie. Dwie połówki tarły o siebie ze zgrzytem.

– Biegnij już – powiedział. – Spóźnisz się na wizytę.

Pobiegła, a on został sam na deszczu. Dużo czasu minęło, zanim ruszył się z miejsca.

Idąc, wolniutko zadarł głowę, na krótką chwilę wystawił twarz na deszcz, otworzył usta...

***

Mechaniczny Ogar spał i zarazem nie spał, mieszkał i nie mieszkał w cicho buczącej, łagodnie wibrującej i dyskretnie oświetlonej budzie w ciemnym zakątku remizy. O pierwszej w nocy blade światło – księżycowa poświata ujęta w ramy wielkiego okna – muskało tu i ówdzie mosiądz, miedź i stal dygoczącej bestii. Skrzyły się kawałki rubinowego szkła i czułe włoski kapilar w nylonowych nozdrzach stwora, który leciutko, leciutko, leciutko dygotał na ośmiu podkulonych odnóżach z gumowymi poduszeczkami.

Montag ześliznął się po mosiężnym słupie. Wyszedł popatrzeć na miasto pod bezchmurnym niebem. Zapalił papierosa, wrócił do remizy i pochylił się nad Ogarem. Zwierz przypominał gigantyczną pszczołę, która wróciła z pola, gdzie przebogaty nektar przesycony jest dziką trucizną, obłędem, sennymi koszmarami, i teraz pszczoła we śnie próbuje wyrzucić z siebie cały ten jad i zło.

– Cześć – szepnął Montag, jak zwykle zafascynowany martwą-żywą bestią.

W te noce, kiedy niewiele się działo – czyli codziennie – strażacy zjeżdżali po mosiężnych słupach, wprowadzali odpowiednie ustawienia do układu węchowego Ogara i wypuszczali w głównej hali szczury, czasem kurczaki albo koty, które i tak trzeba by potopić, i robili zakłady, które zwierzę pierwsze padnie jego ofiarą. Po trzech sekundach było po wszystkim: schwytany w pół drogi przez halę szczur, kot albo kurczak tkwił w poskramiających go pazurach, a czterocalowej długości igła, pusta w środku, wysuwała się z wydłużonego pyska bestii i wstrzykiwała mu potężną dawkę morfiny albo prokainy. Ofiara trafiała do spalarki i gra zaczynała się od nowa.

W takich chwilach Montag zwykle w ogóle nie schodził na parter. Miał taki okres, przed dwoma laty, kiedy obstawiał i zakładał się z najlepszymi: przegrał tygodniowe pobory i musiał potem stawić czoło gniewowi Mildred, który przejawiał się pod postacią nabrzmiałych żył i plam na skórze. Teraz nocami leżał na pryczy twarzą do ściany i słuchał dobiegających z dołu wybuchów śmiechu, dźwięcznego jak struny fortepianowe tupotu szczurzych łapek, skrzypcowych popiskiwań myszy i przepotężnej, złowieszczej ciszy, w której Ogar przemykał w ostrym świetle bezgłośny jak ćma, namierzał ofiarę, przytrzymywał ją, wbijał igłę i wycofywał się do swojej budy, by tam znów zdechnąć, jakby ktoś mu odciął prąd.

Montag dotknął jego pyska.

Ogar warknął.

Montag odskoczył.

Nie wychodząc z budy, Ogar częściowo rozprostował łapy. Jego żarówkowe ślepia ożyły, zmierzył Montaga zielono-niebieskim neonowym spojrzeniem, po czym znów warknął. Dziwny to był dźwięk, chrypliwe połączenie elektrycznego skwierczenia, odgłosów smażenia i metalicznego zgrzytu zębatek, wiekowych i zardzewiałych z podejrzliwości.

– Nie, nie. – Serce Montaga waliło jak młotem. – Dobry piesek.

Czubek srebrnej igły wysunął się na cal... i cofnął, wysunął i cofnął. Bestia wpatrywała się w człowieka, gniewny pomruk gotował jej się w piersi.

Montag zaczął się odsuwać. Ogar wyszedł z budy. Montag jedną ręką złapał się mosiężnego słupa, który zareagował na jego dotyk, przesunął się do góry i bezszelestnie wyniósł go przez otwór w suficie. Montag zszedł na pogrążony w półmroku podest na piętrze. Cały się trząsł, twarz miał bladozieloną. Ogar przysiadł znowu na swoich ośmiu niewiarygodnych pajęczych odnóżach i pomrukiwał pod nosem. Wielofasetowe oczy zgasły.

Montag stał przy krawędzi otworu i czekał, aż fala strachu opadnie. Za jego plecami czterech mężczyzn siedziało przy karcianym stoliku pod lampą z zielonym kloszem. Zerknęli w jego stronę, ale żaden się nie odezwał. W końcu człowiek w kapitańskim kasku z symbolem feniksa, ściskając karty w szczupłej dłoni, zawołał do niego przez cały pokój:

– Montag?!

– On mnie nie lubi – powiedział Montag.

– Kto, Ogar? – Kapitan nie odrywał wzroku od kart. – Dajże spokój, on nie jest od lubienia ani nielubienia. On po prostu „funkcjonuje". To jak poglądowa lekcja balistyki: my wyznaczamy mu trajektorię, on się po niej porusza. Zadaje cios. Nakierowuje się na cel, robi, co trzeba, a potem się wycofuje i wyłącza. To tylko miedziane przewody, akumulatory i elektryka.

Montag z wysiłkiem przełknął ślinę.

– Można mu wprowadzić do kalkulatorów różny skład chemiczny: tyle i tyle aminokwasów, tyle i tyle siarki, tłuszczu mlecznego, zasad... Prawda?

– To wszyscy wiemy.

– Taka chemiczna równowaga, wyrażona w procentach i określona dla każdego z nas, jest zapisana w głównym pliku, na dole. Ale dosyć łatwo można zmanipulować parametry zawarte w „pamięci" Ogara, na przykład leciutko przesterować ilość aminokwasów. To by tłumaczyło jego zachowanie. Jego reakcję na mnie.

– Rety... – mruknął kapitan.

– Był poirytowany, ale nie wściekły. Jakby ktoś zamącił mu w „pamięci" na tyle, żeby zawarczał, kiedy go dotknę.

– Kto miałby zrobić coś takiego? – zdziwił się kapitan. – Nie masz tu żadnych wrogów, Guy.

– W każdym razie nic mi o tym nie wiadomo.

– Jutro wezwiemy techników, zrobią mu przegląd.

– Nie pierwszy raz mi groził – przyznał Montag. – W zeszłym miesiącu coś takiego zdarzyło się dwa razy.

– Nie martw się, naprawi się go.

Ale Montag nadal tkwił nieruchomo przy skraju otworu i błądził myślami wokół kratki wywietrznika w przedpokoju u siebie w domu i tego, co było za nią schowane. Czy gdyby ktoś w remizie przeniknął tajemnicę wywietrznika, nie zechciałby o tym „poinformować" Ogara?

Kapitan podszedł i spojrzał na niego pytająco.

– Tak się zastanawiam... – powiedział Montag – o czym on tam myśli przez całe noce? Czy naprawdę ożywia się, kiedy wyczuwa naszą obecność? Ciarki mnie przechodzą.

– Nie myśli o niczym, o czym nie chcielibyśmy, żeby myślał.

– To smutne. – Montag zniżył głos. – Od nas dostaje tylko żądzę łowów, tropienia i zabijania. Szkoda, że nigdy nie pozna niczego więcej.

Beatty prychnął cicho.

– Do licha! To inżynierski majstersztyk, karabin doskonały, który gwarantuje stuprocentową celność, a na dodatek aportuje!

– Właśnie dlatego nie chciałbym być jego następną ofiarą.

– Ale dlaczego? Coś cię gryzie? Masz wyrzuty sumienia?

Montag błyskawicznie podniósł wzrok. Stojący tuż obok Beatty obrzucił go spokojnym spojrzeniem, a potem otworzył usta i cicho, bardzo cicho się zaśmiał.

***

Jeden dwa trzy cztery pięć sześć siedem dni. Za każdym razem, kiedy wychodził z domu, Clarisse była gdzieś w pobliżu. Raz otrząsała orzechy z drzewa, kiedy indziej siedziała na trawniku i robiła na drutach niebieski sweter. Trzy albo cztery razy znajdował na werandzie różne rzeczy: bukiet jesiennych kwiatów, garść kasztanów w woreczku, przyszpilony pinezką do drzwi arkusz białego papieru ze schludnie poprzypinanymi jesiennymi liśćmi. Codziennie też odprowadzała go do skrzyżowania. Jednego dnia padał deszcz, drugiego było pogodnie, trzeciego wiał silny wiatr, czwarty był bezwietrzny i miły, piątego dnia – po tym czwartym, spokojnym – nastał piekielny letni upał i pod wieczór Clarisse miała spaloną słońcem twarz.

– Jak to jest – zapytał za którymś razem przy zejściu do metra – że mam wrażenie, jakbym znał cię od lat?

– To dlatego, że pana lubię – odparła – i nic od pana nie chcę. I dlatego, że się znamy.

– Przy tobie czuję się bardzo staro. I jak ojciec.

– Proszę mi wyjaśnić, dlaczego, skoro tak bardzo kocha pan dzieci, nie ma pan ani jednej córki takiej jak ja?

– Nie wiem.

– Pan żartuje!

– Ja... – Zatrzymał się i pokręcił głową. – To znaczy moja żona... Ona nigdy nie chciała mieć dzieci.

Dziewczyna spoważniała.

– Przepraszam. Naprawdę myślałam, że bawi się pan moim kosztem. Jestem głupia.

– Nie, wcale nie. To było dobre pytanie. Dawno już nie spotkałem kogoś, komu chciałoby się je zadać. Bardzo dobre pytanie.

– Porozmawiajmy o czymś innym. Wąchał pan kiedyś suche liście? Czy nie pachną cynamonem? O, proszę powąchać.

– Rzeczywiście, ten zapach ma w sobie coś z cynamonu.

Obrzuciła go bystrym spojrzeniem ciemnych oczu.

– Za każdym razem wydaje się pan taki poruszony.

– Po prostu nigdy nie miałem czasu...

– Przyjrzał się pan rozciągniętym billboardom, tak jak panu mówiłam?

Nie mógł się nie roześmiać.

– Tak, chyba tak...

– Ładniej się pan śmieje niż przedtem.

– Naprawdę?

– Jakoś tak... swobodniej.

Ogarnął go przyjemny spokój.

– Dlaczego nie chodzisz do szkoły? Codziennie widzę cię, jak kręcisz się po okolicy.

– Nikt tam za mną nie tęskni. Mówią, że jestem aspołeczna. Nietowarzyska. Właściwie to dziwne, bo tak naprawdę to ja jestem bardzo towarzyska. Chyba wszystko zależy od tego, jak rozumieć towarzyskość, nie uważa pan? Dla mnie to oznacza rozmawianie o takich rzeczach. – Zagrzechotała trzymanymi w garści kasztanami, wyzbieranymi z podwórka. – Albo o tym, jaki świat jest niezwykły. Przyjemnie jest być wśród ludzi, ale nie wydaje mi się, żeby towarzyskie było zbieranie mnóstwa dzieci w jednym miejscu, a potem zamykanie im ust. Godzina lekcji przed telewizorem, godzina koszykówki, baseballu albo biegania, godzina relacji historycznych albo malowania obrazów, potem znowu jakiś sport... Ale wie pan co? Nigdy nie zadajemy pytań. Przynajmniej większość z nas nie zadaje. Po prostu spędzamy kolejne cztery godziny z filmowym nauczycielem, który zarzuca nas gotowymi odpowiedziami, bęc, bęc, bęc. Dla mnie to nie ma nic wspólnego z towarzyskością. To tak, jakby wziąć całe mnóstwo lejków, przelać przez nie masę wody i twierdzić, że na koniec wychodzi z tego wino, chociaż to nieprawda. Pod koniec dnia jesteśmy tak wymęczeni, że możemy co najwyżej położyć się spać albo pójść do wesołego miasteczka i tam się poawanturować, potłuc szyby w Wybijaczu Okien albo wielką żelazną kulą porozwalać stare graty na Złomowisku. Albo ścigać się po ulicach, sprawdzać, kto pierwszy stchórzy, a kto najpóźniej wyhamuje przed latarnią. Albo bawić się w „odbijanie dekli". Może i jestem taka, jak o mnie mówią. Nie mam żadnych przyjaciół, co ma ponoć dowodzić, że nie jestem normalna, ale wszyscy, których znam, krzyczą, tańczą w kółko jak wariaci albo wdają się w bijatyki. Zauważył pan, jak często w naszych czasach ludzie krzywdzą innych?

– Mówisz, jakbyś była bardzo stara.

– Czasem czuję się prastara. Boję się swoich rówieśników. Zabijają się nawzajem. Zawsze tak było? Bo mój wujek utrzymuje, że nie. W zeszłym roku sześcioro moich znajomych zostało zastrzelonych, a dziesięcioro zginęło w wypadkach. Boję się ich, a oni przez to mnie nie lubią. Wujek twierdzi, że jego dziadek pamiętał czasy, kiedy dzieci nie zabijały innych dzieci. Ale to było dawno temu, wtedy wszystko wyglądało inaczej. Ludzie cenili sobie odpowiedzialność, mówi wujek. Ja jestem bardzo odpowiedzialna. Dostawałam w skórę, kiedy było to konieczne. Dawno temu. Wszystkie zakupy i porządki w domu robię osobiście. Ale najbardziej lubię patrzeć na ludzi. Czasem przez cały dzień jeżdżę metrem, przyglądam się pasażerom, słucham ich. Próbuję odgadnąć, kim są, czego pragną i dokąd jadą. Chodzę też czasem do wesołych miasteczek. Albo jeżdżę odrzutowozami, kiedy o północy ścigają się na obrzeżach miasta; policja nikogo się nie czepia, byleby mieli ubezpieczenie. Dopóki każdy jest ubezpieczony na dziesięć tysięcy, wszyscy są zadowoleni. Czasem zakradam się i podsłuchuję ludzi w metrze. Albo przy stoiskach z napojami. I wie pan co?

– No co?

– Ludzie o niczym nie rozmawiają.

– Ejże! O czymś przecież muszą rozmawiać!

– Wcale nie. Przerzucają się nazwami odrzutowozów, ubrań albo basenów i zachwycają się nimi. Tylko że wszyscy mówią dokładnie to samo, nikt się niczym nie wyróżnia. W kafejkach z kolei włączają żartownie, które zwykle opowiadają w kółko te same dowcipy. A jak jest ściana muzyczna, to przebiegają po niej z góry na dół i z powrotem różne wzory i desenie, kolorowe, ale zupełnie abstrakcyjne. Był pan kiedyś w jakimś muzeum? Tam to dopiero mają same abstrakcje, tylko i wyłącznie. Nic poza tym. Wujek mówi, że kiedyś było inaczej. Że dawno temu obrazy wyrażały różne rzeczy, niektóre nawet przedstawiały ludzi.

– Wujek to, wujek tamto... Twój wujek musi być nietuzinkowym człowiekiem.

– O tak, z całą pewnością. No, na mnie już czas. Do widzenia, panie Montag.

– Do widzenia.

– Do widzenia...

Jeden dwa trzy cztery pięć sześć siedem dni. Remiza.

– Montag, śmigasz po tym słupie jak dzięcioł po pniu drzewa.

Trzeci dzień.

– Widziałem, że wszedłeś tylnym wejściem, Montag. Ogar znów ci się naprzykrza?

– Nie, skądże.

Czwarty dzień.

– Słyszałem dziś rano ciekawą historię, Montag. Jakiś strażak w Seattle celowo wprowadził do Ogara własny skład chemiczny i spuścił go ze smyczy. Jak nazwać takie samobójstwo?

Pięć sześć siedem dni.

A potem Clarisse zniknęła. Początkowo nie rozumiał, co to popołudnie ma w sobie takiego szczególnego, dopóki to do niego nie dotarło: nigdzie nie było jej widać. Trawnik był pusty, drzewa były puste, ulica również, i choć w pierwszej chwili nie zdawał sobie sprawy, że za nią tęskni i się za nią rozgląda, faktem było, że gdy dotarł na stację metra, zaczął odczuwać lekkie zaniepokojenie. Coś się stało. Coś zaburzyło jego ustalony porządek dnia. Prosty był to porządek, bez dwóch zdań, utrwalony na przestrzeni zaledwie paru dni, lecz mimo to... Niewiele brakowało, żeby zawrócił, cofnął się do domu i pokonał drogę do metra po raz drugi, tylko po to, żeby dać jej czas na pojawienie się; był przekonany, że gdyby powtórzył całą procedurę, wszystko wróciłoby na swoje miejsce. Było już jednak późno i przyjazd pociągu położył kres dalszym rozmyślaniom.

Trzepotanie kart, ruchy dłoni, powiek, pod sufitem buczący głos odmierzający czas:

– ... pierwsza trzydzieści pięć rano, czwartek, czwarty listopada... pierwsza trzydzieści sześć... pierwsza trzydzieści siedem...

Mlaśnięcia kart o tłusty w dotyku blat.

Wszystkie te dźwięki docierały do Montaga, wnikały za jego zamknięte oczy, wdzierały się za tymczasową barierę, którą wybudował. Wyczuwał wokół siebie remizę – roziskrzoną, lśniącą i cichą, mieniącą się odcieniami mosiądzu, kolorem monet, złota, srebra. Niewidoczni mężczyźni przy stole wzdychali nad kartami, czekali.

– ... pierwsza czterdzieści pięć...

Żałobny głos zegara odmierzał zimne godziny zimnego dnia jeszcze zimniejszego roku.

– O co chodzi, Montag?

Otworzył oczy.

Gdzieś niedaleko brzęczało radio:

– ...w każdej chwili można się spodziewać wypowiedzenia wojny. Nasz kraj jest gotowy bronić swoich...

Remiza zadrżała w posadach, gdy liczna gromada odrzutowców zgodną nutą przeorała czarne poranne niebo.

Montag zamrugał. Beatty przyglądał mu się takim wzrokiem, jakim mógłby taksować posąg w muzeum; jakby lada chwila zamierzał wstać, obejść Montaga dookoła, podotykać go, przeanalizować jego poczucie winy, zbadać świadomość. Poczucie winy? Jakiej winy?

– Twoja kolej, Montag.

Powiódł wzrokiem po twarzach mężczyzn, zarumienionych i ogorzałych od tysiąca prawdziwych i dziesięciu tysięcy wyimaginowanych pożarów. Spojrzał w ich oczy, pałające strażacką gorączką i wpatrujące się niewzruszenie w płomyk platynowego zapalnika, gdy ten rozjarzał ogniem wiecznie płonące czarne rury. Patrzył na ich włosy koloru węgla, uczernione sadzą brwi i usmarowane popiołem gładko wygolone policzki. Łączące ich wspólne dziedzictwo było oczywiste.

Otrząsnął się, otworzył usta. Czy widział w życiu choćby jednego strażaka, który nie miałby czarnych włosów, czarnych brwi, zaczerwienionej twarzy i policzków, które wyglądały jak stale pokryte cieniem zarostu? Byli jak jego lustrzane odbicia! Czyżby strażaków dobierano nie tylko przez wzgląd na szczególne upodobania, lecz także prezencję? Towarzyszące im wszędzie odcienie popiołu i zgliszczy oraz stale unoszący się wokół nich zapach spalenizny? Kapitan Beatty ginący w chmurach tytoniowego dymu. Beatty otwierający nowe opakowanie tytoniu, dźwięk gniecionego celofanu jak trzask pożaru.

Montag spojrzał na trzymane w rękach karty.

– Tak sobie... myślałem – powiedział – o tym pożarze w zeszłym tygodniu. I o właścicielu biblioteki, którą namierzyliśmy. Co się z nim stało?

– Zabrali go wrzeszczącego do zakładu.

– Przecież nie był obłąkany.

Beatty spokojnie poprawił karty w dłoni.

– Ktoś, komu się wydaje, że może okpić rząd i nas, musi być obłąkany – odparł.

– Próbowałem sobie wyobrazić – mówił dalej Montag – jakie to może być uczucie. To znaczy co byśmy czuli, gdyby strażacy przyszli spalić nasze domy i nasze książki.

– My nie mamy książek.

– Ale gdybyśmy mieli.

– Masz jakieś, Montag? – Beatty powoli zamrugał powiekami.

– Nie.

Montag przeniósł wzrok za plecy kolegów, gdzie na ścianie wisiały drukowane listy zakazanych książek. Ich tytuły podrygiwały w ogniu i spalały czas, smagane strażackim toporkiem i wężem, z którego tryskała nie woda, lecz nafta.

– Nie – powtórzył.

Lecz w jego umyśle powiał zimny wiatr, delikatnie, delikatnie dmuchnął przez kratkę wywietrznika w przedpokoju i zmroził mu twarz. W wyobraźni znów ujrzał samego siebie w zielonym parku, rozmawiającego ze starym, bardzo starym człowiekiem. Wiatr wiejący w parku też był zimny.

Zawahał się.

– Czy zawsze... tak było? – zapytał. – Mam na myśli naszą pracę, remizę... No bo wiecie, kiedyś, dawno temu...

– Dawno temu! – powtórzył Beatty. – Co to za gadanie?!

Ty głupcze, skarcił samego siebie w duchu Montag. Jeszcze trochę i się wygadasz. Kiedy w ostatnim pożarze palili książkę z bajkami, zajrzał do środka i przeczytał jeden wers.

– Chodzi mi o czasy, gdy domy nie były jeszcze całkowicie ognioodporne... – brnął dalej. Nagle odniósł wrażenie, że przemawia przez niego jakiś inny głos, znacznie młodszy. Kiedy znów otworzył usta, to Clarisse McClellan zapytała: – Czy dawniej strażacy nie gasili pożarów, zamiast je rozniecać i podsycać?

– Nie bądź śmieszny!

Stoneman i Black wyjęli regulaminy, które poza przepisami zawierały także skróconą historię Amerykańskiej Straży Pożarnej, i podsunęli je pod nos Montagowi, który – choć przecież dobrze znał te słowa – przeczytał:

Założona w 1790 r. w celu palenia anglofilskich książek na terytorium Kolonii.

Pierwszy Strażak: Benjamin Franklin.

ZASADA NR 1. Szybko reaguj na zagrożenie.

2. Sprawnie roznieć ogień.

3. Spal wszystko.

4. Bezzwłocznie wróć do remizy.

5. Zachowaj czujność w oczekiwaniu na kolejne wezwania.

Wszyscy patrzyli na Montaga, który siedział całkowicie nieruchomo.

Zadźwięczał alarm.

Zamontowany pod sufitem dzwonek dwieście razy kopnął sam siebie. Nagle przy stole zostały cztery puste krzesła. Karty osypały się jak płatki śniegu. Mosiężny słup zadygotał. Mężczyźni zniknęli.

Montag zsunął się po słupie jak we śnie.

Mechaniczny Ogar wyskoczył z budy. Jego ślepia pałały zielonym ogniem.

– Montag, zapomniałeś kasku!

Porwał kask z wieszaka na ścianie, wziął rozbieg, skoczył i popędzili w mrok. Nocny wiatr z siłą młota roznosił na wszystkie strony wycie syreny i ogłuszający metaliczny grzmot.

***

Obłażący z farby trzypiętrowy dom w starej części miasta musiał mieć co najmniej sto lat, ale podobnie jak wszystkie inne budynki został przed laty obleczony w cienki płaszcz z ognioodpornej folii. Teraz sprawiał wrażenie, jakby tylko ta plastikowa osłona powstrzymywała go przed rozpadnięciem się na kawałki.

– Jesteśmy na miejscu!

Silnik ścichł gwałtownie. Beatty, Stoneman i Black wybiegli na chodnik, nagle ohydni i spasieni w obszernych ognioodpornych płaszczach. Montag ruszył za nimi.

Wyłamali drzwi wejściowe i schwytali kobietę, mimo że ta wcale nie próbowała uciekać: stała przed nimi, chwiejąc się na nogach, ze wzrokiem utkwionym w pustą ścianę, jak po silnym uderzeniu w głowę. Jej język poruszał się w ustach, oczy jakby usiłowały sobie coś przypomnieć, aż w końcu rzeczywiście sobie przypomniały i język wyartykułował:

– „Bądź pan mężczyzną, panie Ridley. Z Bożej łaski zapalimy dzisiaj w Anglii świecę, której, ufam w to szczerze, nic nie zdoła ugasić".

– Dość tego! – powiedział Beatty. – Gdzie one są?

Ze zdumiewającą obojętnością spoliczkował kobietę i powtórzył swoje pytanie.

Kobieta zogniskowała na nim wzrok.

– Wiecie, gdzie są – odparła. – Inaczej by was tu nie było.

Stoneman pokazał jej telefoniczną kartę zgłoszeniową, na odwrocie której umieszczono telekopię zawiadomienia:

„Przypuszczalnie na poddaszu; Elm nr 11, Centrum.
E. B."

– To musiała być pani Blake, moja sąsiadka – stwierdziła kobieta, odczytawszy inicjały.

– W porządku, panowie. Do roboty!

Zagłębili się w zalatującą pleśnią ciemność, przerąbali się srebrnymi toporkami przez drzwi, które ostatecznie okazały się niezamknięte na klucz, i wpadli do środka jak banda rozdokazywanych chłopców.

– Hej!

Lawina książek osypała się na Montaga, gdy roztrzęsiony wbiegł na strome schodki.

Cóż za niefortunne zrządzenie losu! Wcześniej zawsze przypominało to gaszenie świecy. Policja pierwsza wpadała do środka, zalepiała ofierze usta taśmą i zabierała ją do jednego ze swoich lśniących jak chrząszcze pojazdów, dzięki czemu strażacy przyjeżdżali do pustego domu i nie krzywdzili żadnych ludzi, tylko przedmioty. A ponieważ przedmiotom nie można było tak naprawdę wyrządzić krzywdy, bo nic nie czuły, nie krzyczały i nie skamlały (w odróżnieniu od tej kobiety, która jeszcze mogła zacząć lamentować), człowiek nie miał potem żadnych wyrzutów sumienia. Po prostu przyjechał posprzątać. Tak, właśnie tak: to było zwykłe sprzątanie. Wszystko wracało na właściwe miejsce. Szybciej z tą naftą! Ma ktoś zapałki?

Tym razem jednak ktoś nawalił. Kobieta psuła rytuał, dlatego strażacy zachowywali się nazbyt hałaśliwie, śmiali się, żartowali – wszystko po to, by zagłuszyć jej oskarżające milczenie. Przez nią puste pokoje huczały od zarzutów i obsypywały ich drobniuteńkim pyłem winy, który wciągali w nozdrza, buszując po domu. Nie było to ani uczciwe, ani stosowne. Montag był diabelnie poirytowany. Tego jeszcze brakowało, żeby ta kobieta przy tym była!

Książki bombardowały go po ramionach, rękach, twarzy. Jedna osiadła mu na dłoniach, delikatna i posłuszna jak trzepoczący skrzydłami biały gołąb. W słabym, migotliwym świetle znieruchomiała, otwarta na jednej ze stronic, na której jak na śnieżnobiałym piórku widniały subtelnie nakreślone słowa. W ogólnym pośpiechu i zamieszaniu Montag miał dosłownie ułamek sekundy, zdążył przeczytać tylko jeden wers, lecz wers ten płonął mu w głowie przez całą następną minutę jak wypalony rozżarzonym żelazem: „Czas zasnął w popołudniowym słońcu".

Wypuścił książkę. Od razu następna spadła mu w ręce.

– Montag! Chodź na górę!

Jego dłoń zacisnęła się jak usta, z dzikim zapamiętaniem zmiażdżyła książkę. Bezrozumny szał rozpierał mu pierś. Zrzucane z góry pliki kolorowych gazet frunęły w przesyconym kurzem powietrzu, spadały jak zarżnięte ptaki. Kobieta na parterze stała wśród nich jak mała dziewczynka pośród trupów.

Montag nic nie zrobił – to jego ręka, jego dłoń obdarzona własnym umysłem i sumieniem, pałająca ciekawością w każdym drżącym palcu z osobna, stała się złodziejem. Wetknęła mu książkę pod ramię, wcisnęła w spoconą pachę i cofnęła się już pusta, gestem zamaszystym jak u wprawnego magika. Spójrzcie tylko! Całkiem niewinna! Spójrzcie!

Roztrzęsiony wpatrywał się w swoją białą dłoń. Wyciągnął rękę przed siebie, wyprostował ją na całą długość jak dalekowidz. Przysunął ją sobie pod nos jak ślepiec.

– Montag!

Otrząsnął się.

– Nie stój tak, durniu!

Książki leżały w olbrzymich stosach jak ryby porzucone do wyschnięcia. Mężczyźni tańczyli wśród nich, ślizgali się i przewracali. Lśniące tytuły łyskały jak złote ślepia, spadały, znikały bez śladu.

– Nafta!

Zaczęli pompować płyn z przytroczonych do pleców zbiorników opatrzonych numerem 451. Oblali każdą książkę, napełnili wszystkie pokoje.

Zbiegli na parter. Montag zszedł za nimi na miękkich nogach, zataczając się w naftowych oparach.

– Dalej, kobieto!

Klęczała wśród książek, dotykała nasączonej naftą skóry i tektury, palcami odczytywała wyzłacane tytuły. Jej oczy rzucały nieme oskarżenie na Montaga.

– Nie zabierzecie mi książek – powiedziała.

– Zna pani przepisy – odparł Beatty. – Niechże pani będzie rozsądna. Te książki przeczą sobie nawzajem, tkwiła pani przez te wszystkie lata w zamknięciu z istną Wieżą Babel! Pora się otrząsnąć. Ludzie z tych książek nie żyli naprawdę. Chodźmy już.

Pokręciła głową.

– Cały dom spłonie – ostrzegł ją Beatty.

Strażacy niezdarnie podeszli do drzwi. Obejrzeli się na Montaga, który stał obok kobiety.

– Chyba jej tu nie zostawicie?

– Nie chce wyjść.

– To ją zmuście!

Beatty podniósł rękę. W dłoni trzymał zapalnik.

– Musimy wracać do remizy. Poza tym wszyscy fanatycy próbują popełnić samobójstwo. Schemat się powtarza.

Montag ujął kobietę pod łokieć.

– Może pani pójść ze mną.

– Nie – odpowiedziała. – Ale mimo to dziękuję panu.

– Proszę, chodźmy.

– Niech pan już idzie.

– Trzy. Cztery.

– No, dalej. – Montag pociągnął kobietę za rękę.

– Chcę tu zostać – odparła spokojnie.

– Pięć. Sześć.

– Darujcie sobie to odliczanie – powiedziała kobieta.

Rozchyliła częściowo palce jednej ręki: na jej dłoni spoczywał podłużny przedmiot.

Najzwyklejsza kuchenna zapałka.

Na jej widok mężczyźni czym prędzej wypadli na dwór i odsunęli się od domu. Tylko kapitan Beatty zachował resztki godności i powoli, tyłem wycofał się przez drzwi wejściowe. Jego zaróżowiona, ogorzała twarz pałała żarem tysiąca pożarów i nocnych rozrywek.

Na Boga, pomyślał Montag, jakież to prawdziwe! Wezwania zawsze przychodziły nocą. Nigdy za dnia. Czy to dlatego, że nocą ogień był piękniejszy? Dawał nadzieję na lepszy spektakl? Wspanialsze widowisko? Beatty stał już w progu, na jego twarzy malował się cień strachu.

Zaciśnięte na zapałce palce kobiety drgnęły. Otulały ją opary nafty. Ukryta książka tłukła się o pierś Montaga jak drugie serce.

– Proszę odejść – powiedziała kobieta.

Montag poczuł, że się od niej odsuwa, cofa, wychodzi przez drzwi w ślad za Beattym, po schodkach, przez trawnik, gdzie naftowa ścieżka ciągnęła się jak ślad po przejściu jakiegoś złowieszczego ślimaka.

Kobieta wyszła na werandę i stanęła nieruchomo. Bez słowa taksowała ich wzrokiem. Potępiała ich swoim milczeniem.

Beatty pstryknął zapalnikiem, żeby podpalić naftowy ślad.

Za późno. Montag patrzył z zapartym tchem.

Kobieta na werandzie wyciągnęła rękę w pogardliwym geście i potarła zapałką o balustradę.

Ze wszystkich okolicznych domów wybiegli ludzie.

***

W drodze powrotnej do remizy nikt nic nie mówił. Nie patrzyli po sobie. Montag siedział z przodu razem z Beattym i Blackiem. Nawet nie zapalili fajek. Siedzieli tylko i wyglądali przez przednią szybę wielkiej salamandry. Skręcili na skrzyżowaniu i jechali dalej.

– Panie Ridley – odezwał się w końcu Montag.

– Co? – spytał Beatty.

– Powiedziała „panie Ridley". Kiedy weszliśmy, zaczęła wygadywać jakieś głupoty. „Bądź pan mężczyzną, panie Ridley", tak właśnie powiedziała. I dalej coś tam, coś tam, coś tam.

– „Z Bożej łaski zapalimy dzisiaj w Anglii świecę, której, ufam w to szczerze, nic nie zdoła ugasić" – dokończył Beatty.

Stoneman zerknął pytająco na kapitana, zaskoczony Montag również.

Beatty podrapał się po brodzie.

– Człowiek nazwiskiem Latimer powiedział tak do niejakiego Nicholasa Ridleya, gdy palono ich żywcem za herezję. To było w Oksfordzie, 16 października 1555 roku.

Montag i Stoneman znów zagapili się na ulicę przewijającą się pod kołami pojazdu.

– Mam w głowie pełno takich skrawków – dodał Beatty. – Podobnie jak większość kapitanów straży. Czasem sam siebie zaskakuję... Uważaj, Stoneman!

Stoneman zahamował ostro.

– Do licha! – zdenerwował się Beatty. – Przegapiłeś skręt do remizy!

***

– Kto tam?

– A kto ma być? – odpowiedział pytaniem Montag. W ciemności zamknął drzwi i oparł się o nie plecami.

– Włącz światło – powiedziała w końcu jego żona.

– Nie chcę.

– Kładź się do łóżka.

Usłyszał, jak zniecierpliwiona przewraca się z boku na bok. Jęknęły sprężyny.

– Jesteś pijany?

Wszystko zaczęło się od dłoni. Poczuł, jak najpierw jedna, a potem druga oswabadzają go z kurtki i upuszczają ją na podłogę. Wyciągnął spodnie przed siebie i pozwolił im spaść w otchłań. Jego dłonie zostały skażone, wkrótce infekcja ogarnie całe ręce. Czuł, jak trucizna przesącza się od nadgarstków w górę, na wysokość łokci i ramion, a potem jak iskra przeskakuje z jednej łopatki na drugą. Miał zachłanne, wygłodniałe dłonie. Jego oczy również odczuwały ten głód, jakby musiały na coś spojrzeć, na cokolwiek, na wszystko.

– Co ty robisz? – zaniepokoiła się jego żona.

Balansował w przestrzeni, ściskając książkę w zmarzniętych, spoconych palcach.

Po minucie żona znów się odezwała:

– Nie stój tak na środku pokoju.

Jęknął cicho.

– Co się stało?

Wydał kolejne ciche dźwięki, po omacku podszedł do swojego łóżka i nieporadnie wcisnął książkę pod zimną poduszkę, a potem rzucił się na materac, aż jego żona zaskoczona krzyknęła ze strachu. Leżał daleko od niej, po drugiej stronie pokoju, na zimowej wyspie. Dzieliło ich puste morze. Mówiła do niego przez czas, który wydał mu się dość długi; mówiła o tym i o owym i były to tylko słowa, takie same, jak kiedyś słyszał w pokoju dziecinnym w domu znajomego, gdy jego dwuletnie dziecko uczyło się budowania schematów językowych, gadało w swoim żargonie, wydawało śliczne dźwięki, żeby niosły się w powietrzu. Sam nie odezwał się ani słowem, aż po dłuższej chwili, w której ograniczał się do grzecznościowych pomruków, wyczuł ruch w pokoju: podeszła do jego łóżka, stanęła nad nim i dotknęła jego policzka. Wiedział, że kiedy cofnęła rękę, jej dłoń była mokra.

***

Późno w nocy spojrzał w jej stronę. Nie spała. W powietrzu niosła się cichuteńka melodia: Mildred znów miała muszelkę w uchu, słuchała odległych ludzi z odległych miejsc i szeroko otwartymi oczami wpatrywała się w całe sążnie mroku zalegającego w powietrzu ponad nią.

Był, zdaje się, taki stary żart o żonie, która tak dużo rozmawiała przez telefon, że zdesperowany mąż wybiegł do pobliskiego sklepu, żeby zadzwonić do niej i zapytać, co będzie na obiad. Może i on powinien kupić sobie nadajnik i nocami rozmawiać z żoną, mruczeć do niej przez muszelkę, szeptać, krzyczeć, wrzeszczeć, wydzierać się? Co jednak miałby jej szeptać? O czym krzyczeć? Co mógłby powiedzieć?

Nagle wydała mu się tak obca, jakby się wcale nie znali. Był w cudzym domu, jak w tym dowcipie o pewnym dżentelmenie, który wrócił do domu w nocy, pijany w sztok, otworzył kluczem niewłaściwe drzwi, wszedł do niewłaściwego pokoju, położył się do łóżka obcej kobiety, a następnego dnia wstał wcześnie, poszedł do pracy i żadne z nich się nie zorientowało.

– Millie? – wyszeptał.

– Co?

– Nie zamierzałem cię wystraszyć. Ale chcę cię o coś zapytać...

– Tak?

– Kiedy się poznaliśmy? I gdzie?

– Kiedy się poznaliśmy? Ale z kim?

– My, ze sobą. Pierwszy raz.

Wiedział, że w tej chwili Mildred marszczy brwi w ciemności.

– Chodzi mi o nasze pierwsze spotkanie – wyjaśnił. – Gdzie to było? I kiedy?

– No jak to? Przecież... – Zawiesiła głos.

Zrobiło mu się zimno.

– Nie pamiętasz? – zapytał.

– Minęło tyle czasu...

– Raptem dziesięć lat. Nie tak dużo. Dziesięć lat.

– Nie denerwuj się, próbuję się skupić. – Zaśmiała się. To był osobliwy śmiech, dźwięczał coraz wyżej i wyżej. – To zabawne, bardzo zabawne, nie pamiętać, gdzie i kiedy człowiek poznał swojego męża albo żonę.

Leżąc, powoli rozmasowywał sobie zamknięte oczy, czoło, kark. Przycisnął palce do powiek, jakby próbował wtłoczyć wspomnienia na miejsce. Przypomnienie sobie, gdzie poznali się z Mildred, nagle wydało mu się najważniejszą rzeczą w życiu.

– To nieważne – powiedziała. Była w łazience; słyszał szum lejącej się wody i odgłosy przełykania.

– Rzeczywiście – zgodził się. – Chyba nie.

Próbował liczyć, ile razy przełyka. Przypomniał sobie wizytę dwóch mężczyzn o bladych jak biel cynkowa twarzach, z papierosami w zaciśniętych ustach, przypomniał sobie węża z elektronicznym okiem wijącego się przez kolejne warstwy nocy, kamienia i stojącej wody źródlanej. Chciał zawołać do żony, zapytać, ile dzisiaj połknęłaś?! Ile tabletek?! Ile jeszcze połkniesz, nie zdając sobie z tego sprawy? Będziesz łykała co godzinę? A może to nie będzie dzisiaj, może jutro? A ja nie będę spał ani dziś, ani jutro, ani przez kilka następnych nocy, nie po tym, jak to się zaczęło. Przypomniał ją sobie leżącą na łóżku i stojących nad nią dwóch techników, nie pochylonych z troską, ale wyprostowanych, z rękami skrzyżowanymi na piersi. Pamiętał, jak pomyślał wtedy, że jeśli ona umrze, na pewno po niej nie zapłacze, bo będzie to dla niego śmierć obcej osoby, twarzy z ulicy, wizerunku z gazety. I nagle wydało mu się to tak okropnie niewłaściwe i złe, że się rozpłakał, nie z powodu myśli o śmierci, lecz z powodu myśli o niepłakaniu w obliczu śmierci, niemądry, pusty w środku człowiek stojący nad niemądrą, pustą w środku kobietą, w której wygłodniały wąż czyni jeszcze większe spustoszenie.

Jak można stać się tak pustym? Kto tak opróżnia człowieka? I jeszcze ten okropny kwiatek sprzed paru dni, ten mlecz! Doskonale wszystko podsumował, prawda? „Wielka szkoda. Nie jest pan w nikim zakochany". Właściwie dlaczego?

Cóż, czy w gruncie rzeczy nie dzieliła go od Mildred ściana? I to nie jedna, lecz – w sensie jak najbardziej dosłownym – aż trzy? Na razie tylko trzy, i to wcale nietanie. Do tego ci wszyscy wujowie, ciotki, kuzyni, bratankowie i bratanice, siostrzeńcy i siostrzenice zamieszkujący te ściany, stado bełkoczących nadrzewnych małp, które nie mówią nic, nic, nic, mówią to natomiast głośno, głośno, głośno. Od samego początku traktował ich jak krewnych.

– Jak się dziś miewa wuj Louis? A ciotka Maude?

Prawdę mówiąc, w jego najważniejszym wspomnieniu odnoszącym się do Mildred jego żona była małą dziewczynką w lesie pozbawionym drzew (cóż za osobliwość!) albo raczej dziewczynką zagubioną na płaskowyżu, który niegdyś porastały drzewa (wszędzie wokół wyczuwało się wspomnienia ich kształtów), siedzącą pośrodku „bawialni". Bawialnia. Cóż za adekwatna nazwa. Obojętne, o której godzinie wracał do domu, ściany zawsze próbowały zabawić Mildred. Rozmawiały z nią.

– Trzeba coś zrobić!

– Koniecznie! Trzeba coś zrobić!

– Nie stójmy tak!

– Zróbmy to!

– Jestem taka wściekła, że mało się nie zapluję!

O co chodziło? Mildred nie umiała mu tego wytłumaczyć. Kto złościł się na kogo? Mildred nie wiedziała. Co zamierzali zrobić? No wiesz, odpowiedziała Mildred, poczekaj, to się przekonasz.

Czekał więc, żeby się przekonać.

Ze ścian runęła istna burza dźwięków. Muzyka bombardowała go z takim natężeniem, że wprawione w wibracje ścięgna niemal odklejały mu się od kości; cała żuchwa mu drżała, oczy pływały w czaszce. Doznał wstrząśnienia mózgu. Potem, już po wszystkim, poczuł się jak człowiek zrzucony z urwiska, odwirowany w wirówce i zepchnięty z wodospadu, który spadał i spadał w bezdenną pustkę i nigdy... nie... sięgał... dna... nie tak do końca... nigdy... nie... sięgał... dna... a on spadał tak szybko, że nie dotykał także ścian... nigdy... niczego... nie mógł... dotknąć...

Grzmot się przewalił. Muzyka ucichła.

– No i proszę – powiedziała Mildred.

To było niesamowite. Coś się wydarzyło. Ludzie na ścianach prawie nie zdążyli się poruszyć, nic nie zostało wyjaśnione, a Montag czuł się jak przepuszczony przez pralkę albo zassany w przepastną próżnię. Tonął w muzyce i kakofonii dźwięków. Wyszedł z pokoju, spocony i ledwie trzymający się na nogach. Za jego plecami Mildred rozsiadła się w swoim fotelu. Znów zabrzmiały znajome głosy.

– Teraz wszystko będzie dobrze – powiedziała „ciotka".

– Nie bądź taka pewna – zaperzył się „kuzyn".

– A ty się nie złość.

– To ty się złościsz!

– Ja?!

– Jesteś wściekła!

– Niby dlaczego miałabym być wściekła?

– A dlatego!

– Wszystko pięknie – wrzasnął Montag – ale o co oni się tak kłócą?! Co to w ogóle są za ludzie? Kim jest ten mężczyzna? A ta kobieta? Czy to małżeństwo? Rozwodnicy? Zaręczeni? Na Boga, tu nic się nie klei!

– Oni... – zaczęła Mildred. – Widzisz, oni się... pokłócili, rozumiesz. Często się kłócą. Powinieneś ich posłuchać. Wydaje mi się, że są małżeństwem. Tak, na pewno są małżeństwem. Czemu pytasz?

Nie kończyło się to na trzech ścianach, które wkrótce miały się przeobrazić w cztery i spełniony sen, bo potem był jeszcze kabriolet i Mildred pędząca nim przez miasto z prędkością stu mil na godzinę, on krzyczał na nią, ona coś odkrzykiwała, nie słyszeli się nawzajem, jazgot pojazdu zagłuszał ich słowa.

– Przynajmniej trzymaj się minimalnej! – zawołał.

– Co?! – odkrzyknęła.

– Jedź pięćdziesiąt pięć, taka jest minimalna! – wrzasnął.

– Ale co?! – wydarła się.

– Prędkość!

Przyśpieszyła do stu pięciu i wyszarpnęła mu powietrze z ust.

Kiedy wysiedli, miała muszelki w uszach.

Cisza. Tylko cichy szum wiatru.

– Mildred. – Poruszył się na łóżku, wyciągnął rękę i wyjął maciupeńkiego muzykalnego insekta z jej ucha. – Mildred. Mildred?

– Tak? – odpowiedziała słabym głosem.

Czuł się jak jedna z tych elektronicznych istot wprasowanych w kolorofonowe ściany, mówiąca, lecz niesłyszalna, bo dźwięk nie przebijał się przez kryształową barierę. Mógł tylko odgrywać pantomimę i mieć nadzieję, że Mildred odwróci się w jego stronę i go zobaczy. Przez szkło i tak nie mogli się dotknąć.

– Pamiętasz tę dziewczynę, o której ci opowiadałem?

– Jaką dziewczynę? – spytała na wpół śpiąca Mildred.

– Naszą sąsiadkę.

– Jaką naszą sąsiadkę?

– No wiesz, tę licealistkę. Clarisse.

– A tak.

– Nie widziałem jej od kilku dni... Od czterech, ściśle rzecz biorąc. Ty ją widziałaś?

– Nie.

– To dziwne. Chciałem o niej z tobą porozmawiać.

– Tak, już wiem, o kogo ci chodzi.

– Miałem nadzieję, że skojarzysz.

– To ona – powiedziała Mildred do ciemnego pokoju.

– Co ona?

– Miałam ci powiedzieć, ale zapomniałam. Zapomniałam.

– Powiedz mi teraz. Co się stało?

– Chyba jej już nie ma.

– Jak to nie ma jej?

– Wyprowadzili się, cała rodzina. A ona nie żyje. Tak mi się wydaje.

– Niemożliwe, żebyśmy mieli na myśli tę samą dziewczynę.

– Ależ tak, tę samą. McClellan. McClellan. Potrącił ją jakiś pojazd. Cztery dni temu, zdaje się. Nie jestem pewna. Ale chyba nie żyje. Rodzina się wyprowadziła. Nie wiem. Wydaje mi się, że ona nie żyje. Nie jestem pewna.

– Nie jesteś pewna?!
– Nie, nie jestem pewna. Prawie jestem.
– Dlaczego nie powiedziałaś mi wcześniej?
– Zapomniałam.
– Cztery dni!
– Zupełnie zapomniałam.
– Cztery dni – powtórzył półgłosem.
Leżeli nieruchomo w ciemnościach.
– Dobranoc – powiedziała.
Usłyszał cichy szelest. Jej ręce się poruszyły. Dotknięty jej dłonią elektryczny naparstek na poduszce poruszył się jak modliszka, po czym wylądował w jej uchu i zabrzęczał znajomo.
Montag słuchał, jak jego żona cicho nuci.
Na zewnątrz poruszył się cień, jesienny wiatr powiał i ścichł, ale było w tej ciszy coś jeszcze, jakby czyjeś tchnienie na szybie; jak ledwie wyczuwalna smużka jarzącego się zielonkawą poświatą dymu; jak ruch jednego dużego październikowego liścia, który prześliznął się po trawniku i pofrunął w dal.
Ogar, pomyślał Montag. Czai się na dworze, teraz, w nocy. Gdybym otworzył okno...
Nie otworzył okna.

***

Rankiem miał gorączkę i dreszcze.
– Niemożliwe, żebyś się rozchorował – orzekła Mildred.
Przymknął płonące oczy.
– A jednak.
– W nocy byłeś zdrowy.
– Nie, nie byłem – odparł. Z salonu dobiegały głosy przekrzykujących się „krewnych".
Zaintrygowana Mildred stała przy jego łóżku.
Czuł jej bliskość, nie musiał otwierać oczu, żeby widzieć ją przy sobie: włosy spalone chemikaliami i kruche jak słoma, oczy z zaćmą w głębi źrenic, niewidzialną, lecz domniemaną, umalowane na czerwono usta wygięte w podkówkę, ciało wychudzone dietami, wątłe jak u modliszki, skóra w odcieniu surowej słoniny. Nie pamiętał jej innej.

– Przyniosłabyś mi aspirynę i wodę?

– Musisz wstać. Jest dwunasta. Spałeś pięć godzin dłużej niż zwykle.

– Możesz wyłączyć ścianowizor w salonie? – poprosił.

– To moja rodzina.

– Zrób to dla chorego.

– Przyciszę.

Wyszła, nie zrobiła nic ze ścianowizorem i wróciła do sypialni.

– Lepiej? – zapytała.

– Dzięki.

– To mój ulubiony program – wyjaśniła.

– Co z tą aspiryną?

– Nigdy dotąd nie chorowałeś.

Znowu wyszła.

– Ale teraz choruję. Nie pójdę dzisiaj do pracy. Zadzwoń do Beatty'ego, powiedz mu.

Wróciła, nucąc pod nosem.

– Dziwnie się zachowywałeś dziś w nocy.

Spojrzał na podaną mu szklankę wody.

– A gdzie aspiryna?

– Och. – Znów wyszła do łazienki. – Coś się stało?

– Pożar. Normalka.

– Ja miałam miły wieczór – mówiła z łazienki.

– Co robiłaś?

– Oglądałam.

– Co nadawali?

– Programy.

– Jakie programy?

– Najlepsze.

– Kto grał?

– No wiesz, ta sama ekipa, co zawsze.

– No tak, ekipa, ekipa, ekipa.

Przycisnął dłońmi obolałe oczy. Nagły odór nafty przyprawił go o mdłości. Zwymiotował.

Mildred weszła do pokoju, nucąc.

– Co się stało? – zdziwiła się.

Spojrzał ze zgrozą na podłogę.

– Spaliliśmy starą kobietę razem z jej książkami.

– Dobrze, że z dywanu się łatwo spiera. – Przyniosła mop i wzięła się do pracy. – Byłam wczoraj u Helen.

– Nie mogłaś oglądać u siebie?

– Mogłam, ale miło jest tak do kogoś wpaść.

Wyszła do salonu. Słyszał, jak śpiewa.

– Mildred?! – zawołał.

Wróciła. Dalej śpiewała, pstrykając cicho palcami.

– Nie zapytasz mnie o ostatnią noc? – zagadnął.

– Jak ci minęła noc?

– Spaliliśmy tysiąc książek. Spaliliśmy kobietę.

– No i?

Salon eksplodował dźwiękiem.

– Spaliliśmy Dantego, Swifta i Marka Aureliusza.

– Czy on nie był przypadkiem Europejczykiem?

– Poniekąd.

– Nie był radykałem?

– Nie czytałem go.

– Był radykałem. – Mildred bawiła się słuchawką telefonu. – Nie oczekujesz chyba, że zadzwonię do kapitana Beatty'ego?

– Zadzwoń koniecznie!

– Nie krzycz!

– Nie krzyczę. – Usiadł na łóżku rozzłoszczony, czerwony na twarzy, roztrzęsiony. Zgiełk z salonu niósł się w gorącym powietrzu. – Ja nie mogę do niego zadzwonić. Nie mogę mu powiedzieć, że jestem chory.

– Dlaczego?

Bo się boję, odparł w myślach. Dziecko udające chorobę i lękające się zadzwonić, bo wie, że po krótkiej wymianie zdań rozmowa zakończyłaby się następująco: „Tak, kapitanie, już mi lepiej. Przyjadę o dziesiątej".

– Wcale nie jesteś chory – powiedziała Mildred.

Montag opadł na wznak. Sięgnął pod poduszkę. Książka była na swoim miejscu.

– Mildred? Co byś powiedziała, gdybym na jakiś czas, tak tylko sobie gdybam, zwolnił się z pracy?

– Chcesz odejść? Po tylu latach chcesz wszystko rzucić z powodu jednej nocy, jednej kobiety i jej książek...

– Ty jej nie widziałaś, Mildred!

– Nic dla mnie nie znaczy. Nie powinna była trzymać książek. Sama jest sobie winna, powinna była to przewidzieć. Nienawidzę jej. Nakręciła cię, a teraz ani się obejrzymy, jak stracimy wszystko: dom, pracę, wszystko.

– Nie było cię tam. Nie widziałaś. W książkach musi coś być, coś, czego nie potrafimy sobie wyobrazić, coś, co kazało tej kobiecie zostać w płonącym domu. Musi w nich coś być. Nie zostałaby bez powodu.

– Była przygłupia.

– Była tak samo rozumna jak ty czy ja, może nawet bardziej. A my ją spaliliśmy.

– Było, minęło.

– Wcale nie. Widziałaś kiedyś, jak pali się dom? Tli się potem jeszcze przez wiele dni. Ten pożar będzie ze mną przez resztę życia. Boże! Przez całą noc próbowałem go zgasić w głowie. Mało nie zwariowałem.

– Trzeba było o tym myśleć, zanim zostałeś strażakiem.

– Myśleć! Tak jakbym miał jakiś wybór! Mój dziadek i ojciec byli strażakami. W snach zawsze za nimi biegłem.

Salon wygrywał muzykę do tańca.

– Właśnie zauważyłam, że dzisiaj masz dzienną zmianę – powiedziała Mildred. – Powinieneś był wyjść dwie godziny temu.

– Nie chodzi tylko o tę kobietę, która zginęła. W nocy myślałem o tych tonach nafty, które zużyłem przez ostatnie dziesięć lat. Myślałem też o książkach. Pierwszy raz do mnie dotarło, że za powstaniem każdej z nich stał jakiś człowiek. Ktoś musiał je wymyślić. Ktoś poświęcił wiele czasu, żeby przelać je na papier. Nigdy wcześniej nie przyszło mi to do głowy. – Wstał z łóżka. – Być może jakiś człowiek spisał wszystkie swoje przemyślenia po tym, jak przez całe życie oglądał świat wokół siebie, a potem zjawiłem się ja i bum! W dwie minuty było po wszystkim.

– Mnie do tego nie mieszaj – powiedziała Mildred. – Ja nic nie zrobiłam.

– Nie mieszać cię do tego? Proszę bardzo. Ale jak mam siebie do tego nie mieszać?! Nie można wiecznie do niczego się nie mieszać. Od czasu do czasu powinniśmy się w coś angażować. Czymś przejąć. Ile czasu minęło, odkąd na serio się czymś przejęłaś? Czymś ważnym? Czymś prawdziwym?

Nagle się zamknął, bo przypomniał sobie poprzedni tydzień i dwa białe kamienie wpatrzone w sufit, wężową pompę z wścibskim okiem i dwóch mężczyzn o mydlanych twarzach, z papierosami, które poruszały im się w ustach, gdy mówili.

Ale to była inna Mildred, ukryta tak głęboko we wnętrzu tej, którą miał przed sobą, i tak bardzo zatroskana, że nigdy się nie spotkały.

Odwrócił wzrok.

– No i masz za swoje – powiedziała. – Przed domem. Wyjrzyj, kto przyjechał.

– Nie obchodzi mnie to.

– Przed dom zajechał wóz z feniksem. Mężczyzna w czarnej koszuli z naszytym na rękawie pomarańczowym wężem idzie właśnie do drzwi.

– Kapitan Beatty?

– Kapitan Beatty.

Montag się nie poruszył: stał nieruchomo, wpatrzony w zimną biel ściany przed sobą.

– Otwórz mu, dobrze? I powiedz, że jestem chory.

– Sam mu powiedz!

Przebiegła kilka kroków w jedną stronę, kilka w drugą, w końcu znieruchomiała z wytrzeszczonymi oczyma, gdy głośnik przy drzwiach wejściowych wezwał ją po nazwisku cicho, cichutko:

– Pani Montag, pani Montag, ktoś przyszedł, ktoś przyszedł, pani Montag, pani Montag, ktoś przyszedł.

Coraz ciszej i ciszej.

Montag sprawdził, czy książka tkwi bezpiecznie ukryta pod poduszką, po czym wgramolił się z powrotem do łóżka i półleżąc, narzucił sobie koc na kolana i pierś. Chwilę potem Mildred wreszcie się poruszyła i wyszła, a do sypialni nieśpiesznie wkroczył kapitan Beatty z rękami w kieszeniach.

– Zgaście tych „krewnych” – polecił, wodząc wzrokiem dookoła i pilnując, żeby nie spojrzeć na Montaga i jego żonę.

Tym razem Mildred puściła się biegiem i jazgoczące w salonie głosy ucichły.

Na rumianej twarzy kapitana malował się spokój, gdy zajął najwygodniejszy fotel, bez pośpiechu nabił i zapalił mosiężną fajkę i wydmuchnął ogromny kłąb dymu.

– Pomyślałem, że wpadnę – powiedział. – Zobaczę, jak się miewa chory.

– Jak się pan domyślił?

Beatty odpowiedział uśmiechem odsłaniającym cukierkowy róż dziąseł i równie cukierkową, choć drobniejszą biel zębów.

– Ja już wszystko widziałem w życiu. Zamierzałeś zadzwonić i wziąć wolną nockę.

Montag siedział bez słowa.

– No to ją weź! – powiedział Beatty.

Obejrzał swój wiecznotrwały chemiczny zapalnik z wygrawerowanym na pokrywie napisem GWARANTOWANY MILION ZAPŁONÓW i z roztargnieniem zaczął się nim bawić: zapalił, zgasił, zapalił, zgasił, zapalił, powiedział parę słów, zgasił. Zapalił. Spojrzał w płomień. Zgasił. Spojrzał w dym.

– Kiedy wydobrzejesz?

– Jutro, najdalej pojutrze. Na początku tygodnia.

Beatty pyknął z fajki.

– Każdy strażak prędzej czy później musi się z tym zmierzyć. Musi po prostu zrozumieć, jak kręcą się tryby. Poznać dzieje naszej profesji. Dzisiaj nie wykłada się już historii żółtodziobom, jak dawniej, a szkoda. Cholerna szkoda. – Pyk, pyk. – Dziś tylko kapitanowie pamiętają. – Pyk, pyk. – Dopuszczę cię do tajemnicy.

Mildred wierciła się nerwowo.

– Kiedy to się zaczęło, pytasz, ta nasza robota? Skąd się wzięła? Jak? Kiedy? Powiem tak: na dobre to się zaczęło w okolicy tak zwanej wojny domowej. W regulaminie piszą, że wcześniej, ale fakty są takie, że strażakom nie wiodło się najlepiej, dopóki fotografia nie okrzepła. To był ten moment: kino, początki dwudziestego wieku, potem radio, telewizja. Przedmioty zaczęły nabierać masy.

Montag siedział nieruchomo na łóżku.

– A ponieważ miały masę, stawały się coraz prostsze. Dawniej książki przypadały do gustu nielicznym: paru osobom tu, paru tam... Takim, którzy mogli sobie pozwolić na inność. Świat był duży. Przestronny. Z czasem jednak zaroiło się w nim od oczu, łokci, ust. Dwukrotny przyrost populacji, trzykrotny, czterokrotny. Filmy, audycje radiowe, czasopisma ilustrowane... Książki zaczęły równać w dół, do poziomu nijakich mas. Rozumiesz, co mam na myśli?

– Tak mi się wydaje.

Beatty zmrużył oczy, mierząc wzrokiem utkany w powietrzu dymny wzór.

– Wyobraź to sobie. Najpierw dziewiętnastowieczny człowiek ze swoimi końmi, psami, powozami, ruchem w zwolnionym tempie. A potem wiek dwudziesty. Kamera przyśpiesza. Książki się kurczą. Powstają skrócone wersje. Streszczenia. Brukowce. Wszystko sprowadza się do żartu, do celnej puenty.

– Celna puenta. – Mildred pokiwała głową.

– Klasykę skraca się najpierw do piętnastominutowego słuchowiska, potem do dwuminutowej wstawki w audycji o książkach, w końcu do hasła słownikowego na dziesięć, dwanaście linijek. Oczywiście przesadzam, w słownikach były definicje. Nie brakowało jednak ludzi, których cała wiedza na temat *Hamleta*, ty z pewnością znasz ten tytuł, Montag; pani zaś, pani Montag, najprawdopodobniej kojarzy tylko jakieś jego wątłe echo, cała wiedza, jak powiedziałem, sprowadzała się do jednostronicowego streszczenia pomieszczonego w książce reklamującej się takim oto tekstem: „Teraz możesz w końcu przeczytać całą klasykę i dotrzymać kroku sąsiadom". Rozumiecie? Ze żłobka na uniwersytet i z powrotem do żłobka. Oto schemat rozwoju intelektualnego obowiązujący od co najmniej pięciuset lat.

Mildred wstała, zaczęła chodzić po pokoju, brać do rąk różne przedmioty i odkładać je z powrotem.

– Podkręć tempo, Montag – ciągnął Beatty, nie zwracając na nią uwagi. – Szybciej. Jeszcze szybciej. Pstryk. Kadr. Patrz, spójrz, czas, film, tu, tam, bieg, sprint, szczyt, zjazd, jak, kto, co, gdzie, po co, hm? Auć! Bach! Ciach! Ryms! Bim, bam, bom! Streszczenie streszczenia, streszczenie streszczenia streszczenia. Polityka? Jedna kolumna, dwa zdania, nagłówek! A potem wszystko znika w locie. Umysł ludzki napędzany przez wydawców, wyzyskiwaczy, nadawców pędzi w koło z taką prędkością, że wirówka odrzuca wszelkie zbędne, czasochłonne myśli!

Mildred wygładzała pościel na łóżku. Serce podchodziło Montagowi do gardła za każdym razem, gdy poklepywała poduszkę. A teraz ciągnęła go za rękę, żeby się przesunął; mogłaby wtedy zabrać poduszkę, zgrabnie ją strzepnąć i odłożyć na miejsce. Może krzyknęłaby wtedy i wybałuszyła oczy. A może po prostu wzięłaby książkę do ręki i rozczulająco niewinnie zapytała:

– A to co takiego?

– Nauka w szkole zostaje ograniczona, dyscyplina siada, nikt nie wykłada filozofii, historii, języków; znajomość angielskiego, także ortografii, jest coraz bardziej zaniedbywana, aż w końcu zupełnie się ją lekceważy. Życie płynie szybko, ważna jest praca, a po pracy wszechobecne, łatwo dostępne przyjemności. Po co uczyć się czegoś poza naciskaniem guzików, przestawianiem przełączników i przykręcaniem śrubek?

– Daj, poprawię ci poduszkę – zaproponowała Mildred.

– Nie! – odparł szeptem Montag.

– Zamek błyskawiczny zastępuje guziki i człowiekowi nagle ubywa czasu na myślenie przy ubieraniu się o świcie, w godzinie filozofii i melancholii.

– No daj. – Mildred nie ustępowała.

– Idź sobie.

– Życie staje się jednym wielkim slapstickiem, Montag. Wszystko jest bum, bach i ojej!

– O rety... – mruknęła Mildred, szarpiąc się z poduszką.

– Dajże mi spokój, na litość boską! – żachnął się Montag.

Beatty wybałuszył oczy.

Dłoń Mildred znieruchomiała pod poduszką. Powiodła palcami po krawędzi książki, a gdy rozpoznała jej kształt, na jej twarzy odmalowało się najpierw zaskoczenie, a zaraz potem szok. Otworzyła usta, żeby zadać pytanie...

– Wyrzuć ludzi z teatrów, zostaw tylko clownów. Postaw w domach szklane ściany, po których śliczne kolorki przebiegają w dół i w górę jak konfetti, krew, sherry albo sauternes. Lubisz baseball, Montag, prawda?

– Baseball to piękny sport.

Beatty stał się prawie niewidoczny, jego głos dobiegał zza zasłony dymnej.

– Co to jest? – spytała Mildred z nutką zachwytu w głosie. – Co tam masz?

Montag odepchnął ją całym ciałem.

– Siadaj! – wydarł się. Odskoczyła z pustymi rękami. – My tu rozmawiamy!

Beatty mówił dalej, jakby nic się nie wydarzyło:

– Lubisz kręgle, Montag, prawda?

– Kręgle. Tak.
– A golfa?
– Golf to piękny sport.
– Koszykówkę?
– Piękny sport.
– Bilard? Piłkę nożną?
– Wszystkie są piękne.

– Dla każdego coś miłego: zespołowy wysiłek, wspólna zabawa, nie trzeba myśleć... Coraz nowsze i coraz większe zawody i superzawody sportowe, coraz lepiej i lepiej zorganizowane. Coraz więcej rysunków w książkach. Więcej ilustracji. Umysł chłonie coraz mniej. Zniecierpliwienie. Autostrady zatłoczone podróżnymi zmierzającymi dokądś, dokądś, dokądś, donikąd. Benzynowi uchodźcy. Miasta przechodzą w ciągi moteli, koczownicze fale ludzkości przepływają z miejsca na miejsce, posłuszne księżycowym przypływom i odpływom, nocują w pokoju, w którym ty spałeś dziś w ciągu dnia, a ja poprzedniej nocy.

Mildred wyszła z sypialni, trzaskając drzwiami. W salonie „ciotki" poczęły naśmiewać się z „wujów".

– Pomyślmy teraz o mniejszościach w naszej cywilizacji, zgoda? Im większa populacja, tym więcej mniejszości; stale trzeba uważać, żeby nie nadepnąć na odcisk miłośnikom psów, miłośnikom kotów, lekarzom, adwokatom, sprzedawcom, kucharzom, mormonom, baptystom, unitarianom, drugiemu pokoleniu Chińczyków, Szwedom, Włochom, Niemcom, Teksańczykom, brooklyńczykom, Irlandczykom, mieszkańcom Oregonu i Meksyku. Bohaterowie książek, sztuk, seriali telewizyjnych nie mają odpowiedników wśród autentycznych malarzy, kartografów ani mechaników. Pamiętaj, Montag: im większy masz rynek, tym bardziej oddalasz się od kontrowersji, od tych wszystkich mini-mikro-mniejszości zafiksowanych na paprochach we własnym pępku. Pisarze, pełni złych myśli, zamykają na klucz maszyny do pisania. Naprawdę tak zrobili. Pisma ilustrowane zmieniły się w przyjemną mamałygę z tapioki z aromatem waniliowym. Książki, jak orzekli snobistyczni krytycy, stały się pomyjami; nic więc dziwnego, mówili dalej, że przestały się sprzedawać. Ale rozbawione szerokie masy wiedziały, czego chcą, i zapewniły przetrwanie komiksom. No i trójwymiarowym pismom pornograficznym, ma się rozumieć. Oto cała prawda, Montag. Rząd niczego nam nie narzucał. Nie było żadnego dekretu, deklaracji, cenzury. Nic z tych rzeczy! Postęp techniczny, masowy wyzysk i presja ze strony mniejszości załatwiły sprawę, chwała Bogu. Dzięki nim dzisiaj możemy być przez cały czas szczęśliwi. Wolno czytać komiksy, skandalizujące wspomnienia i pisma branżowe.

– No dobrze – powiedział Montag – ale jak to się ma do strażaków?

– Ach tak... – Spowity mgiełką tytoniowego dymu Beatty pochylił się do przodu. – Czyż może być łatwiejsze i bardziej naturalne wytłumaczenie? W miarę jak szkoły produkowały coraz więcej biegaczy, skoczków, wyścigowców, majsterkowiczów, łapaczy, chwytaczy, lotników i pływaków zamiast egzaminatorów, krytyków, mędrców i obdarzonych wyobraźnią twórców, słowo „intelektualista" zasłużenie stało się obelgą. Zawsze boimy się tego, co nieznane. Na pewno mieliście w klasie jakiegoś przemądrzałego chłopaka, który stale wyrywał się do odpowiedzi i był pierwszy do wszelkich recytacji, podczas gdy reszta uczniów siedziała nieruchomo jak ołowiane bałwany i szczerze go nienawidziła. Czy to nie on dostawał w skórę i padał ofiarą waszych tortur po zakończeniu lekcji? Wszyscy jesteśmy tacy sami. Nie rodzimy się wolni i równi, wbrew temu, co twierdzi Konstytucja, ale stajemy się równi. Każdy z nas staje się odbiciem wszystkich innych i wtedy wszyscy są szczęśliwi, bo znikają góry, z którymi musieliby się porównywać i które by ich onieśmielały. Tak więc książka to w istocie naładowany pistolet, który sąsiad trzyma w domu. Spal ją. Wystrzel z tego pistoletu. Rozłup tamtemu mózg. Nikt nie wie, kto mógłby się stać celem człowieka oczytanego. Jeśli chodzi o mnie, to serdecznie nie znoszę książek. I dlatego kiedy udało się ostatecznie zabezpieczyć wszystkie domy przed pożarem, dawni strażacy przestali być potrzebni. Wyznaczono im więc nowe zadanie: mają strzec naszego spokoju ducha. Skupia się w nich nasz słuszny i zrozumiały lęk przed byciem gorszym. Są naszymi oficjalnymi cenzorami, sędziami i egzekutorami. To ty, Montag. To ja.

Drzwi do salonu się otworzyły. Mildred stała w progu i patrzyła to na Beatty'ego, to na Montaga. Ścianowizory za jej plecami zalewała powódź zielonych, żółtych i pomarańczowych fajerwerków, skwierczących i wybuchających w rytm muzyki wygrywanej niemal wyłącznie przez bębny taktowe, tam-tamy i talerze. Poruszała ustami i próbowała coś powiedzieć, ale muzyka zagłuszała jej słowa.

Beatty wytrząsnął popiół z fajki na różowiutkie wnętrze dłoni i obejrzał go dokładnie, jak wymagający głębokiej interpretacji symbol skrywający tajemny sens.

– Musisz coś zrozumieć: nasza cywilizacja rozrosła się tak bardzo, że nie możemy sobie pozwolić na poruszenie i wzburzenie wśród mniejszości. Zadaj sobie pytanie, na czym najbardziej nam w tym kraju zależy. Ludzie chcą być szczęśliwi, mam rację? Czy nie to właśnie słyszymy przez całe życie? Chcemy być szczęśliwi, mówią ludzie. I co, nie są? Czy nie dostarcza im się stale nowych wrażeń? Nie zapewnia rozrywki? Taki właśnie jest cel życia, czyż nie? Podniecenie, rozkosz... Musisz przyznać, że nasza kultura dostarcza ich aż w nadmiarze.

– To prawda.

Montag mógłby czytać z ruchu warg stojącej w drzwiach Mildred. Starał się jednak na nią nie patrzeć, bo wtedy Beatty również mógłby się odwrócić w jej stronę i też odgadnąć, co mówi.

– Kolorowi nie lubią *Little Black Sambo*. Spalmy go. Biali są skrępowani *Chatą wuja Toma*. Spalmy ją. Ktoś napisał o tytoniu i raku płuc? Przemysł tytoniowy lamentuje? Spalmy tę książkę. Spokój, Montag. Pokój ducha, Montag. Wypchnij konflikt na zewnątrz. Albo jeszcze lepiej: od razu wrzuć go do spalarki. Pogrzeby są pogańskie i smutne? Je także należy wyeliminować. Pięć minut po śmierci człowiek jest już w drodze do Wielkiego Komina. Helikoptery zwożą do krematoriów ludzi z całego kraju. Nie mija dziesięć minut od zgonu, gdy człowiek staje się kupką czarnego prochu. Darujmy sobie nabożeństwa ku pamięci. Zapomnijmy o zmarłych. Spalmy ich wszystkich. Spalmy wszystko. Ogień jest jasny. Ogień jest czysty.

Fajerwerki w salonie zgasły. Mildred umilkła w tej samej chwili – cudowny zbieg okoliczności. Montag wstrzymał oddech.

– Obok nas mieszkała taka dziewczyna... – zaczął, przeciągając słowa. – Zniknęła. Podobno nie żyje. Nie pamiętam nawet dobrze, jak wyglądała, ale wiem, że była... inna. Jak to się stało, że się pojawiła?

Beatty się uśmiechnął.

– Od czasu do czasu takie rzeczy się zdarzają. Clarisse McClellan? Jej rodzina ma u nas kartotekę, byli pod obserwacją. Dziedziczność i środowisko to zabawne rzeczy. Nie sposób w kilka lat pozbyć się wszystkich kaczek-dziwaczek. Środowisko domowe potrafi odkręcić wiele z tego, co szkoła próbuje dziecku wpoić. Dlatego z biegiem czasu coraz bardziej obniżano wiek przyjęcia do przedszkola i dziś niemal porywa się niemowlęta z kołysek. Mieliśmy kilka fałszywych zgłoszeń na McClellanów, kiedy jeszcze mieszkali w Chicago. Nigdy nie znaleźliśmy u nich książek. Wuj miał trochę za uszami, to aspołeczna jednostka. A dziewczyna? To była chodząca bomba zegarowa. Rodzina kształtowała jej podświadomość, jestem o tym przekonany; zapoznałem się z jej historią szkolną. Nigdy nie ciekawiło jej, jak coś zostało zrobione, tylko dlaczego. Takie zainteresowanie bywa kłopotliwe. Kiedy za często pytasz „dlaczego", możesz się stać naprawdę bardzo nieszczęśliwym człowiekiem. Dla niej to chyba nawet lepiej, że nie żyje.

– Właśnie. Nie żyje.

– Na szczęście takie przypadki należą do rzadkości; umiemy wyłapywać dziwactwa i dławić je w zarodku. Nie da się wybudować domu bez drewna i gwoździ. Jeżeli nie chcesz, żeby ktoś zbudował dom, schowaj przed nim drewno i gwoździe. Jeżeli nie chcesz, żeby człowiek był nieszczęśliwy z powodów politycznych, nie przedstawiaj mu dwóch punktów widzenia, tylko jeden. Albo jeszcze lepiej: nie przedstawiaj żadnego. Niech zapomni, że istnieje coś takiego jak wojna. Jeżeli z tego powodu aparat władzy miałby być niewydajny, nadmiernie rozbudowany i żarłoczny na nasze podatki, to i tak jest to lepsze, niż gdyby ludzie mieli się tym zamartwiać. Spokój ducha, Montag. Daj ludziom konkursy, w których do zwycięstwa wystarcza znajomość słów popularnej piosenki, stolic stanów albo wysokości ubiegłorocznych zbiorów zboża w Iowa; nawkładaj im do głów masę niewybuchowych danych; wtłocz tyle „faktów", żeby ich mózgi pękały w szwach – będą odczuwali przesyt, ale zarazem dumę z posiadanych „informacji". W ten sposób dasz im poczucie, że naprawdę myślą; dasz im złudzenie ruchu bez ruszania się z miejsca. I będą z tym szczęśliwi, bo tego rodzaju fakty nie ulegają zmianom. Nie podsuwaj im śliskich narzędzi, takich jak filozofia czy socjologia, które pozwoliłyby im kojarzyć fakty. To prosta droga do melancholii. Każdy człowiek, który umie rozebrać ścianowizor i złożyć go z powrotem, a dzisiaj większość ludzi to potrafi, będzie szczęśliwszy od takiego, który usiłowałby pomierzyć suwakiem logarytmicznym wszechświat i ująć go w karby równań. Wszechświat zwyczajnie na to nie pozwoli, a wszelkie takie próby sprawią, że człowiek poczuje się osamotniony jak zwierzę. Wiem, co mówię. Próbowałem. I niech szlag trafi takie próbowanie. O wiele lepsze są imprezy w klubach, akrobaci i magicy, śmiałkowie w odrzutowozach i motohelikopterach, seks i heroina, wszystko, co wywołuje automatyczną reakcję. Jeżeli przedstawienie jest kiepskie, twórca filmu nie ma nic do powiedzenia, sztuka dźwięczy pustką, to dziabnij mnie thereminem, byle głośno. Pomyślę wtedy, że reaguję na sztukę, choć w rzeczywistości będzie to tylko prosty odruch, machinalna reakcja na wibracje. Ale mnie jest wszystko jedno, bo lubię porządną rozrywkę.

Beatty wstał.

– No, na mnie już czas. Wykład skończony. Mam nadzieję, że rozjaśniłem ci w głowie. Najważniejsze, co powinieneś zapamiętać, Montag, to że jesteśmy takimi Happiness Boys, my dwaj, ale także wszyscy pozostali. Tworzymy nowe Dixie Duo. Opieramy się fali tych, którzy próbują unieszczęśliwiać ludzkość sprzecznymi ideami i teoriami. Palcami zatykamy dziury w grobli. Trzymaj mocno, żeby porywcze prądy melancholii i ponurej filozofii nie zatopiły naszego świata. Nasz los w twoich rękach, Montag. Chyba nie zdajesz sobie sprawy, jak bardzo jesteś ważny dla naszego współczesnego szczęśliwego świata.

Uścisnął wiotką dłoń Montaga, który siedział nieruchomo, jakby wokół niego cały dom walił się w gruzy, a on tkwił przykuty do łóżka. Mildred zniknęła.

– Jeszcze jedno – powiedział Beatty. – Przynajmniej raz podczas kariery w straży każdy z nas odczuwa osobliwe swędzenie: co właściwie te wszystkie książki mają nam do powiedzenia, zastanawiamy się. Ach, chciałoby się podrapać, kiedy tak swędzi, co? No więc, Montag, uwierz mi: w swoim czasie musiałem przeczytać parę książek, żeby wiedzieć, z czym to się je, i powiem ci, że w książkach nie ma absolutnie niczego! Niczego, czego można by nauczać innych. Niczego, w co można by uwierzyć. Beletrystyka traktuje o nieistniejących ludziach i wytworach wyobraźni. A literatura faktu? Literatura faktu jest jeszcze gorsza: jeden profesor wyzywa drugiego od idiotów, jeden filozof wydziera się drugiemu prosto w twarz, a wszyscy gonią w piętkę, gaszą gwiazdy i przesłaniają słońce. Człowiek się w tym gubi.

– A gdyby strażak zupełnie niechcący, bez żadnych złych zamiarów, przez przypadek zabrał jakąś książkę ze sobą do domu?

Montag drgnął nerwowo. Otwarte drzwi do salonu wpatrywały się w niego wielkim, pustym okiem.

– To całkiem zrozumiała omyłka – odparł Beatty. – Czcza ciekawość. Nie wzburzamy się tym przesadnie, nie złościmy bez potrzeby. Pozwalamy strażakowi przetrzymać książkę przez dwadzieścia cztery godziny. Jeżeli sam do tego czasu jej nie spali, wkraczamy i go w tym wyręczamy.

– Naturalnie. – Montagowi zaschło w ustach.

– To jak, Montag, przyjdziesz dzisiaj na późniejszą zmianę? Może na nockę?

– Nie wiem.

– Jak to? – zdziwił się Beatty.

Montag zamknął oczy.

– Dobrze, przyjdę później. Może.

Beatty w zadumie schował fajkę do kieszeni.

– Gdybyś się nie zjawił, bardzo by nam cię brakowało – dodał.

Nigdy więcej nie pójdę do pracy, pomyślał Montag.

– Zdrowiej – powiedział Beatty. – I trzymaj się.

Odwrócił się i wyszedł przez otwarte drzwi.

***

Stojąc przy oknie, Montag odprowadził Beatty'ego wzrokiem. Kapitan wsiadł do błyszczącego chrabąszcza w ognistożółtym kolorze, na czarnych jak węgiel oponach, i odjechał.

Po drugiej stronie ulicy ciągnęły się domy z płaskimi fasadami. Jak to któregoś dnia powiedziała Clarisse?

– Nie mają werand. Wujek mówi, że dawniej domy miały werandy. Ludzie siadywali na nich wieczorami, kołysali się na bujanych fotelach i rozmawiali, jeżeli mieli na to ochotę, albo nie rozmawiali, kiedy tej ochoty nie mieli. Czasem po prostu siedzieli i rozmyślali, obracali różne sprawy w myślach na wszystkie strony. Wujek twierdzi, że architekci pozbyli się werand, bo źle się prezentowały, ale mówi też, że to było tylko takie usprawiedliwianie się. Prawdziwy powód, ukryty, mógł być całkiem inny: oni po prostu nie chcieli, żeby ludzie ot tak, siedzieli sobie, nic nie robili, bujali się, rozmawiali. To był niewłaściwy rodzaj życia towarzyskiego. Ludzie za dużo mówili i w dodatku mieli czas na myślenie. Dlatego architekci pozbyli się werand. A potem także ogródków. Niewiele zostało ogródków, w których można by sobie posiedzieć. A dzisiejsze meble? Skończyły się czasy foteli bujanych. Są zbyt wygodne. Lepiej, żeby ludzie wstali i biegali w kółko. Wujek mówi... i jeszcze... a wujek... i wujek...

Jej głos ścichł.

***

Montag odwrócił się i spojrzał na żonę, siedzącą na środku salonu i pogrążoną w rozmowie z prezenterem.

– Pani Montag – mówił właśnie prezenter.

To, tamto, owamto. I znowu:

– Pani Montag...

I coś, gdzieś, ktoś.

Przystawka do ścianowizora, za którą zapłacili sto dolarów, automatycznie wkładała jej nazwisko w usta prezentera za każdym razem, gdy ten zwracał się do anonimowej publiczności i zostawiał przerwę na wstawienie brakujących sylab. Falowy konwerter punktowy modelował obraz w okolicy jego ust w taki sposób, by wargi pięknie artykułowały odpowiednie samogłoski i spółgłoski. Był przyjacielem, bez wątpienia, bliskim przyjacielem rodziny.

– Pani Montag, proszę spojrzeć na to.

Posłusznie odwróciła głowę, chociaż było oczywiste, że wcale go nie słucha.

– Tylko mały krok – zaczął Montag – dzieli niepójście do pracy dzisiaj od niepójścia do pracy jutro, a potem od niewracania do remizy w ogóle.

– Ale dzisiaj jeszcze pójdziesz, prawda? – upewniła się Mildred. – Wieczorem?

– Jeszcze nie zdecydowałem. W tej chwili odczuwam wielką pokusę, żeby coś rozbić albo kogoś zamordować.

– Pojedź chrabąszczem.

– Nie, dziękuję.

– Kluczyki są na stoliku nocnym. Uwielbiam szybko jeździć, kiedy mam chandrę. Rozpędzam się do dziewięćdziesięciu pięciu i czuję się cudownie. Czasem jeżdżę tak przez całą noc, wracam dopiero nad ranem, a ty o niczym nie wiesz. Za miastem fajnie się jeździ, można rozjechać królika, czasem psa... Mówię ci, weź chrabąszcza.

– Nie chcę. Nie tym razem. Nie chcę się wyzbyć tego zabawnego uczucia. Boże, ależ mnie wzięło... A nawet nie wiem, co to właściwie jest. Jestem cholernie nieszczęśliwy, wściekły jak diabli, na dodatek zupełnie nie wiem dlaczego, ale mam wrażenie, że przybieram na wadze. Czuję się gruby. Czuję się tak, jakbym gromadził najróżniejsze rzeczy, jakbym miał ich całą masę, a zarazem nie mam pojęcia, co to za rzeczy. Kto wie, może jeszcze zacznę czytać książki?

– Wsadziliby cię za to do więzienia, prawda? – Patrzyła na niego takim wzrokiem, jakby dzieliła ich ściana ze szkła.

Zaczął się ubierać, kręcąc się niespokojnie po całej sypialni.

– Tak – dodał – to mógłby być niezły pomysł. Zanim komuś zrobię krzywdę. Słyszałaś, co powiedział Beatty? Słuchałaś go w ogóle? On zna wszystkie odpowiedzi. I ma rację. Szczęście jest ważne. Rozrywka rządzi. Tymczasem ja tu siedzę i powtarzam pod nosem: nie jestem szczęśliwy, nie jestem szczęśliwy.

– A ja owszem. – Mildred się rozpromieniła. – I jestem z tego dumna.

– Zamierzam coś zrobić. Nie wiem jeszcze, co to dokładnie będzie, ale na pewno coś wielkiego.

– Mam dość tych bzdur. – Mildred odwróciła się od męża i skupiła na prezenterze.

Montag dotknął wbudowanego w ścianę regulatora głośności i prezenter zaniemówił.

– Millie? – Montag zawiesił głos. – To jest tak samo twój dom, jak i mój. Uważam, że powinienem ci coś powiedzieć, tak będzie uczciwiej. Powinienem był to zrobić wcześniej, ale nawet przed samym sobą trudno było mi się do tego przyznać. Chcę ci coś pokazać, coś, co zbierałem i ukrywałem przez cały ostatni rok, gromadziłem po trochu, po kawałku, od czasu do czasu. Nie wiem, dlaczego to robiłem. I nigdy ci o tym nie mówiłem.

Chwycił krzesło o prostym oparciu i spokojnym, stanowczym ruchem przeciągnął je do przedpokoju. Postawiwszy je blisko drzwi wejściowych, wszedł na nie... i przez chwilę po prostu na nim stał jak posąg na postumencie; jego żona stała obok i czekała, co będzie dalej. Wreszcie wyciągnął rękę, zdjął kratkę wywietrznika, sięgnął w głąb przewodu wentylacyjnego, w prawo, tam przesunął kolejny ruchomy metalowy element i wyjął zza niego książkę. Nie patrząc na nią, upuścił ją na podłogę. Sięgnął ponownie, wyciągnął następne dwie książki, cofnął rękę i je również zrzucił na dół. Poruszał tak ramieniem i kolejne książki wyłuskane z rury spadały na ziemię: małe i całkiem spore, żółte, czerwone i zielone. Kiedy skończył, pod nogami jego żony zebrało się około dwudziestu woluminów.

– Przepraszam – powiedział. – Wcześniej się nad tym nie zastanawiałem, a teraz wychodzi na to, że oboje mamy kłopot.

Mildred cofnęła się gwałtownie, jakby nagle z dziur w podłodze wyroiło się stado myszy. Słyszał jej przyśpieszony oddech, widział pobladłą twarz i oczy wychodzące z orbit. Wypowiedziała jego imię, powtórzyła je raz, drugi, trzeci, aż w końcu z jękiem rzuciła się naprzód, chwyciła książkę i pobiegła do kuchennej spalarki.

Złapał ją i przytrzymał. Wrzeszczała na niego, drapała, próbowała się wyrwać.

– Nie, Millie, nie! Przestań! Przestań wreszcie! Nie wiesz... Przestańże!

Spoliczkował ją, złapał za ramiona i potrząsnął.

Znów wypowiedziała jego imię i się rozpłakała.

– Millie, posłuchaj mnie przez chwilę, dobrze? Proszę cię. Nic nie możemy zrobić. Nie możemy ich spalić. Chcę rzucić na nie okiem, chcę je spokojnie obejrzeć, a potem, jeśli okaże się, że kapitan miał rację, spalimy je razem. Uwierz mi: spalimy je razem. Musisz mi pomóc.

Spojrzał na nią, ujął ją pod brodę i przytrzymał. Usiłował dostrzec w jej twarzy prawdę o sobie, o tym, co powinien zrobić.

– Czy się nam to podoba, czy nie, siedzimy w tym po uszy – ciągnął. – Przez te wszystkie lata rzadko cię o cokolwiek prosiłem, ale tym razem proszę. Błagam. Od czegoś musimy zacząć, musimy zrozumieć, co takiego się stało, że tkwimy w takim bagnie, ty i twoje nocne lekarstwa, nasz samochód, ja, moja praca... Pędzimy na złamanie karku wprost na skraj przepaści, Millie, a ja, jak mi Bóg miły, nie chcę w nią spaść. Nie będzie łatwo, nie mamy nic, czego moglibyśmy się chwycić, ale może uda nam się to rozgryźć, coś zrozumieć, pomóc sobie nawzajem. W tej chwili potrzebuję cię tak bardzo, że wprost nie umiem tego wyrazić. Jeżeli kochasz mnie choć trochę, wytrzymaj dobę, góra dwie. Nie proszę o więcej. Tyle wystarczy, obiecuję. Przysięgam! Najdalej za czterdzieści osiem godzin będzie po wszystkim. Jeżeli coś w nich znajdziemy, jeżeli jest w tym bałaganie jakikolwiek użyteczny drobiazg, to może zdołamy go komuś przekazać.

Przestała się wyrywać, więc ją puścił. Cofnęła się, osunęła po ścianie i usiadła na podłodze ze wzrokiem utkwionym w książki. Kiedy zauważyła, że dotyka nogą jednej z nich, natychmiast cofnęła stopę.

– Ta kobieta, Millie, wtedy, w nocy... Nie byłaś przy tym. Nie widziałaś jej twarzy. Albo Clarisse. Nigdy z nią nie rozmawiałaś. A ja tak. Ludzie pokroju Beatty'ego się jej boją. Nie rozumiem tego. Dlaczego mieliby się bać kogoś takiego jak ona? Ale kiedy wczoraj porównywałem ją w myślach ze strażakami, nagle do mnie dotarło, że wcale ich nie lubię. Siebie też już nie lubię. I przyszło mi do głowy, że może najlepiej by było spalić samych strażaków.

– Guy!

Od strony wejścia dobiegł cichy głos:

– Pani Montag, pani Montag, ktoś przyszedł, ktoś przyszedł, pani Montag, pani Montag, ktoś przyszedł.

Cichutko.

Oboje obejrzeli się na drzwi i walające się po podłodze książki, zrzucone na kupki.

– Beatty! – powiedziała Mildred.

– To niemożliwe.

– Wrócił – szepnęła.

– Ktoś przyszedł... – powtórzył cicho głos.

– Nie otwierajmy.

Montag oparł się plecami o ścianę, powoli osunął i usiadł w kucki; oszołomiony zaczął poszturchiwać książki kciukiem i palcem wskazującym. Drżał na całym ciele, chciał jak najszybciej upchnąć książki z powrotem w przewodzie wentylacyjnym i zdawał sobie sprawę, że nie byłby w stanie drugi raz stawić czoła Beatty'emu. Głos od drzwi rozbrzmiał ponownie, bardziej natarczywie. Montag wziął do ręki pierwszy z brzegu niewielki tomik.

– Od czego zaczniemy? – Otworzył książkę w połowie i zajrzał do środka. – Myślę, że zaczniemy od początku.

– On tu zaraz wejdzie – powiedziała Mildred – i spali nas razem z książkami!

W końcu dobiegający od drzwi głosik ucichł na dobre. Zapadła cisza. Montag czuł, że ktoś stoi za drzwiami, czeka, nasłuchuje. W końcu kroki oddaliły się po ścieżce i dalej, po trawniku przed domem.

– Zobaczmy, co tu mamy – zaproponował.

Czytał powoli, niepewnie, nieśmiało, najpierw kilka wybranych na chybił trafił stron, aż w końcu znalazł następujący fragment:

– „Na jedenaście tysięcy liczą ludzi, którzy różnymi czasy woleli śmierć ponieść aniżeli poddać się prawu tłuczenia jaj z cieńszego końca"*.

– Co to znaczy? – spytała siedząca naprzeciw niego Mildred. – Nic! To nic nie znaczy! Kapitan miał rację!

– Zaczekaj – powiedział Montag. – Zacznijmy jeszcze raz. Od początku.

---

* Jonathan Swift, *Podróże Guliwera*, przekł. anon. (przyp. tłum.).

część druga

SITO I PIASEK

Czytali przez całe długie popołudnie. Zimny listopadowy deszcz padał z nieba na cichy dom. Siedzieli w przedpokoju, ponieważ salon wydawał się szary i pusty, odkąd ze ścian zniknęło pomarańczowo-żółte konfetti, race świetlne, kobiety w sukienkach ze złotej siateczki i mężczyźni w czarnym aksamicie, wyciągający stufuntowe króliki ze srebrnych kapeluszy. Mildred popatrywała na martwy salon z obojętnym wyrazem twarzy, a Montag przechadzał się w tę i z powrotem, przykucał i nawet po dziesięć razy odczytywał na głos wybrane fragmenty:

– „Nie sposób precyzyjnie określić moment, w którym rodzi się przyjaźń. Tak jak gdy kropla po kropli napełniamy naczynie, aż przychodzi kropla ostatnia, która je przepełni, tak i w długim ciągu dobrych uczynków jest ten jeden, ostatni, który przepełnia serce". – Usiadł i wsłuchał się w szum deszczu. – Czy to właśnie było w dziewczynie z sąsiedztwa? Tak bardzo staram się to zrozumieć.

– Ona nie żyje. Porozmawiajmy o kimś żywym, na litość boską!

Nie oglądając się na żonę, przeszedł roztrzęsiony do kuchni, gdzie stał i długo patrzył, jak deszcz bębni o szyby, zanim w końcu wrócił do skąpanego w szarym świetle przedpokoju. Wciąż czekał, aż drżenie ustąpi.

Otworzył inną książkę.

– „Ten ulubiony temat: ja sam". – Zmrużył oczy i zapatrzył się na ścianę. – „Ulubiony temat: ja sam".

– To rozumiem – powiedziała Mildred.

– Ale ulubionym tematem Clarisse wcale nie była ona sama, lecz wszyscy poza nią. Ja również. Była pierwszą od wielu lat osobą, którą naprawdę polubiłem; pierwszą, jaką pamiętam, która patrzyła prosto na mnie, w taki sposób, jakbym naprawdę coś znaczył. – Zważył obie książki w dłoni. – Ci ludzie od dawna nie żyją, a ja wiem, że ich słowa w taki czy inny sposób prowadzą do Clarisse.

Na zewnątrz, pod drzwiami, w deszczu: ciche chrobotanie.

Montag zamarł w bezruchu. Mildred przycisnęła się plecami do ściany. Zaparło jej dech w piersi.

– Ktoś... ale przecież drzwi... dlaczego głos nie mówi, że...

– Wyłączyłem go.

Przy progu: długie, badawcze niuchnięcie i wydmuchnięty obłok elektrycznej pary.

– To tylko pies! – Mildred parsknęła śmiechem. – Nie ma się czego bać. Mam go pogonić?

– Nie ruszaj się!

Cisza. Kapanie zimnego deszczu. I woń błękitnej elektryczności przesączająca się pod drzwiami.

Mildred kopnęła jedną z książek.

– Książki to nie ludzie. Ty czytasz, a ja się rozglądam i nikogo nie widzę!

Gapił się na salon, szary i martwy jak ocean, który mógłby zatętnić życiem, gdyby tylko ktoś włączył elektroniczne słońce.

– Tymczasem moja „rodzina" to są ludzie – ciągnęła Mildred. – Rozmawiają ze mną. Śmieją się, kiedy ja się śmieję. No i te kolory!

– Wiem.

– Poza tym gdyby kapitan Beatty dowiedział się o tych książkach... – zawiesiła w zadumie głos, na jej twarzy odmalowało się najpierw zadziwienie, a zaraz potem zgroza – mógłby tu przyjść i spalić dom razem z „rodziną". To okropne! Pomyśl o tym, ile wyłożyliśmy pieniędzy. Dlaczego miałabym czytać książki? Po co?

– Po co! Dlaczego! Parę nocy temu widziałem najstraszliwszego węża na świecie. Był martwy, ale zarazem żywy. Widział i jednocześnie nie widział. Powinnaś go zobaczyć. Mieszka w pogotowiu ratunkowym. Mają tam w kartotece raport, w którym wyliczyli wszystko, co wąż z ciebie wyssał! Miałabyś ochotę podjechać tam i go przejrzeć? Mogłabyś sprawdzić pod „Guy Montag". Albo pod „Strach przed wojną". A może wolałabyś zobaczyć ten dom, który spłonął wczoraj w nocy? Pogrzebać w popiele, poszukać kości kobiety, która podpaliła własny dom? A co z Clarisse McClellan, gdzie mamy jej szukać? W kostnicy! Słuchaj!

Bombowce przecięły niebo nad domem, sapiąc, pomrukując, świszcząc jak gigantyczny, niewidzialny wiatrak wirujący w próżni.

– Jezu Chryste, co godzinę przelatuje tyle tego cholerstwa... – mruknął Montag. – Po jakie licho podrywają się do lotu w każdej jednej sekundzie naszego życia? Dlaczego nikt nie chce o tym rozmawiać? Od 1960 roku rozpoczęliśmy i wygraliśmy dwie wojny atomowe. Czy przez to, że tak świetnie bawimy się u siebie, zapomnieliśmy o całym bożym świecie? Czy to dlatego, że my jesteśmy tacy bogaci, a reszta świata taka biedna, i że w gruncie rzeczy nic a nic nas to nie obchodzi? Słyszałem plotki: świat głoduje, a my najadamy się do syta. Czy to prawda? Świat haruje w pocie czoła, a my balujemy? Czy to dlatego tak nas nienawidzą? Zdarzało mi się słyszeć pogłoski o tej nienawiści już dawno, lata temu. Wiesz dlaczego? Bo ja na pewno nie wiem! Być może książki pozwoliłyby nam choć częściowo wychynąć z jaskini; być może dzięki nim uniknęlibyśmy popełnienia po raz drugi tych samych przeklętych błędów! Nie słyszałem, żeby te twoje zakichane przygłupy z salonu o tym rozmawiały. Na Boga, Millie, naprawdę nie rozumiesz? Godzina dziennie, może dwie godziny z książką, a może, może...

Zadzwonił telefon. Mildred złapała słuchawkę.

– Ann! – Roześmiała się. – Tak, dziś wieczorem będzie Biały Clown.

Montag poszedł do kuchni i rzucił książkę na blat.

– Montag – powiedział sam do siebie – ty naprawdę jesteś głupi. Co dalej? Oddasz książki? Zapomnisz o wszystkim?

Otworzył książkę i zaczął czytać, próbując zignorować śmiech Mildred.

Biedna Millie, pomyślał. Biedny Montag, ty też tkwisz w tym błocku. Ale gdzie znajdziesz kogoś, kto ci pomoże? Skąd w tym wieku weźmiesz nauczyciela?

Zaraz. Chwileczkę. Zamknął oczy. Ależ oczywiście. Znowu przypomniała mu się scena w parku sprzed roku. Ostatnio to wspomnienie często go nawiedzało, ale dopiero teraz przypomniał sobie szczegóły: tamtego dnia w parku mężczyzna w czarnym garniturze pośpiesznie schował coś za pazuchą...

... i puścił się biegiem, jakby chciał uciec.

– Proszę poczekać! – zawołał za nim Montag.

– Nie zrobiłem nic złego! – zarzekał się roztrzęsiony staruszek.

– Nikt tak nie twierdzi.

Przez chwilę siedzieli w milczeniu w plamie łagodnego zielonkawego blasku, a potem Montag zaczął mówić o pogodzie, aż w końcu staruszek odpowiedział wątłym głosem. To było niezwykłe, spokojne spotkanie. Staruszek okazał się emerytowanym angielskim profesorem, który od czterdziestu lat – kiedy to z braku studentów i mecenatu zamknięto ostatnie kolegium sztuk wyzwolonych – tułał się po świecie. Nazywał się Faber, a gdy wreszcie zrozumiał, że nie musi się bać Montaga, mówił miarowym, dźwięcznym głosem, patrząc w niebo, na drzewa i rozglądając się po parku. Po upływie godziny powiedział coś takiego, co Montagowi wydało się nierymowanym wierszem. Z biegiem czasu robił się coraz odważniejszy i niedługo potem znów wyrecytował wiersz, inny: przycisnąwszy dłoń do lewej kieszeni płaszcza, półgłosem wypowiadał słowa; Montag wiedział, że gdyby wyciągnął rękę i sięgnął staruszkowi za pazuchę, wyjąłby stamtąd tomik poezji. Ale nie wyciągnął ręki, jego dłonie spoczywały nieruchomo na kolanach, odrętwiałe i bezużyteczne.

– Ja nie mówię o rzeczach jako takich, proszę pana – tłumaczył Faber. – Mówię o ich istocie. Siedzę tutaj i wiem, że żyję.

I to było wszystko, prawdę mówiąc: godzinny monolog, wiersz, komentarz. A potem, nie zdradziwszy się w żaden sposób z tym, że wie, iż Montag jest strażakiem, staruszek drżącą dłonią wypisał swój adres na skrawku papieru.

– Do archiwum – wyjaśnił. – Na wypadek gdyby uznał pan, że chce się na mnie zezłościć.

– Ależ ja się nie złoszczę – zdumiał się Montag.

***

W przedpokoju Mildred zanosiła się śmiechem.

Montag udał się do sypialni, wyjął z szafki prywatne archiwum i przekartkował je do pozycji zatytułowanej PRZYSZŁE ŚLEDZTWA(?). Odszukał nazwisko Fabera. Nie doniósł na profesora, ale też nie wymazał jego nazwiska.

Wybrał numer z drugiego telefonu. Aparat na drugim końcu linii kilkanaście razy zdążył zawołać profesora po nazwisku, zanim ten w końcu odebrał. Kiedy Montag się przedstawił, odpowiedziała mu długa cisza.

– Słucham, panie Montag – powiedział w końcu Faber słabym głosem.

– Chciałbym panu zadać dość niezwykłe pytanie, panie profesorze. Ile egzemplarzy Biblii przetrwało w naszym kraju?

– Nie wiem, o czym pan mówi!

– Czy ocalał choćby jeden?

– To jakiś podstęp! Nie mogę o tym rozmawiać z byle kim przez telefon!

– A ile zachowało się egzemplarzy dzieł Shakespeare'a? Albo Platona?

– Ani jeden! Wie pan o tym równie dobrze jak ja. Ani jeden!

I profesor się rozłączył.

Montag odłożył słuchawkę. Ani jeden. Oczywiście wiedział o tym już wcześniej z list wywieszonych w remizie, ale nie wiedzieć czemu chciał o tym usłyszeć z ust samego Fabera.

Twarz podekscytowanej Mildred promieniała.

– Panie przyjdą nas odwiedzić!

Montag pokazał jej książkę.

– To Pismo Świętego Starego i Nowego Testamentu i...

– Nie zaczynaj znowu!

– To może być ostatni egzemplarz w tej części świata.

– Wiesz o tym, że jeszcze dziś musisz zwrócić tę książkę? Bo kapitan Beatty oczywiście wie, że ją masz. Prawda?

– Wątpię, żeby wiedział, którą dokładnie książkę ukradłem. Ale gdybym miał oddać tylko jedną, to którą? Mam zadenuncjować pana Jeffersona? Pana Thoreau? Która z nich ma najmniejszą wartość? A jeżeli źle wybiorę i okaże się, że Beatty jednak wie, co ukradłem? Pomyśli, że mamy tu całą bibliotekę!

Usta Mildred drgnęły.

– Widzisz, co robisz? Zniszczysz nas! Co jest dla ciebie ważniejsze, ja czy ta cała Biblia?

Krzyczała piskliwie. Siedziała przed nim jak woskowa lalka roztapiająca się z wolna pod wpływem własnego ciepła.

W uszach dźwięczał mu głos Beatty'ego:

– Siadaj, Montag. Siadaj i patrz. Delikatnie, jak płatki kwiatu. Podpal pierwszą kartkę, potem drugą... Zmieniają się w czarne motyle. Piękne, prawda? Zapal trzecią kartkę od drugiej i dalej już pójdzie samo, rozdział po rozdziale, wszystkie te głupstwa wyrażone w słowach, wszystkie fałszywe obietnice, zużyte idee i skompromitowane filozofie.

Beatty siedział przed nim lekko spocony. Podłogę usłały martwe czarne ćmy, zgładzone podczas jednej burzy.

Mildred przestała krzyczeć równie nagle, jak wcześniej zaczęła.

– Możemy zrobić tylko jedno – powiedział Montag. – Zanim dziś wieczorem oddam książkę Beatty'emu, muszę sporządzić jej kopię.

– Będziesz w domu wieczorem, żeby zobaczyć Białego Clowna?! – zawołała Mildred. – Panie przyjdą nas odwiedzić!

Montag przystanął w progu, nie odwracając się.

– Millie?

Cisza.

– Co?

– Millie, czy Biały Clown cię kocha?

Brak odpowiedzi.

– Millie, czy... – Montag oblizał wargi. – Czy twoja „rodzina" cię kocha? Bardzo kocha? Kocha ze wszystkich sił? Millie?

Czuł na karku jej powolne mrugnięcie powiek.

– Cóż to za niemądre pytanie?

Chciało mu się płakać, ale oczy ani usta nie zamierzały na tę chęć reagować.

– Jeżeli spotkasz gdzieś na dworze tego psa – dodała Mildred – kopnij go ode mnie.

Zawahał się, nasłuchując przy drzwiach, a potem otworzył je i wyszedł przed dom.

Deszcz ustał, słońce zachodziło na pogodnym niebie. Weranda, trawnik i ulica były puste. Z ulgą wypuścił długo wstrzymywane w płucach powietrze.

Trzasnął drzwiami.

***

Jechał metrem.

Jestem odrętwiały, pomyślał. Kiedy to odrętwienie dosięgło mojej twarzy? Mojego ciała? Tej nocy, kiedy po ciemku kopnąłem fiolkę po lekach, tak jak mógłbym kopnąć zagrzebaną w ziemi minę.

To przejdzie, przekonywał sam siebie. Trzeba czasu, ale to przejdzie; albo sam się z tym uporam, albo Faber mi pomoże. Ktoś, gdzieś zwróci mi moją dawną twarz i dawne ręce, takie jak przedtem. Nawet uśmiech, pomyślał, stary, wypalony na twarzy uśmiech zniknął. Bez niego jestem zagubiony.

Za oknem przemykał tunel metra: kremowe płytki, smolista czerń, kremowe płytki, smolista czerń, cyfry, ciemność, gęstniejąca ciemność, wszystko sumujące się w całość.

Kiedyś, w dzieciństwie, siedział na żółtej wydmie nad morzem. Był gorący, błękitny letni dzień, a on próbował nabrać piasku sitkiem, po tym, jak któryś z okrutnych kuzynów sobie z niego zażartował:

– Jak napełnisz sitko piaskiem, dostaniesz dziesięć centów!

Im szybciej sypał piasek, tym szybciej ten z gorącym szeptem wyciekał z sitka. Ręce mu się zmęczyły, piasek wrzał, sitko pozostawało puste. Siedział tak w bezdźwięczny lipcowy dzień i czuł, jak łzy spływają mu po policzkach.

Teraz, gdy próżniowa kolej podziemna wytrząsała go i wiozła przez martwe miejskie podziemia, przypomniał sobie straszliwą logikę tamtego sita. Spuścił wzrok i stwierdził, że trzyma otwartą Biblię. Nie był sam w pociągu, lecz mimo to trzymał książkę w rękach jak gdyby nigdy nic. Przyszedł mu do głowy niemądry pomysł: może gdyby czytał szybko i przeczytał ją całą, trochę piasku zatrzymałoby się na sicie. Kiedy jednak czytał, słowa przelatywały na wylot, a on łapał się na myśli o tym, że za parę godzin spotka się z Beattym i odda mu książkę. Dlatego powinien zatrzymać w pamięci każdą frazę, każdy wers. Powinien się do tego zmusić.

Ścisnął książkę w dłoniach.

Zagrzmiały trąby.

– Środek do czyszczenia zębów Denham.

Zamknij się, pomyślał Montag. Przypatrzcie się liliom na polu*.

– Środek do czyszczenia zębów Denham.

Nie pracują...

– Środek do...

Przypatrzcie się liliom na polu. Zamknij się. Zamknij się.

– Środek do czyszczenia zębów!

---

* Cytaty z Biblii za Biblią Tysiąclecia (przyp. tłum.).

Gwałtownym gestem otworzył książkę, kartkował, dotykał stronic jak ślepiec, odnajdywał kształty poszczególnych liter, nie mrugał.

– Denham. D, E, N...

Nie pracują ani...

Ognisty szept piasku w pustym sicie.

– Denham załatwi sprawę!

Przypatrzcie się liliom, liliom, liliom...

– Płyn do płukania ust Denham.

– Zamknij się, zamknij się, zamknij się!

To była prośba, przejmujące błaganie. Montag sam nie wiedział, kiedy zerwał się na równe nogi. Wstrząśnięci mieszkańcy głośnego wagonu gapili się i odsuwali od mężczyzny z obłąkaną, obrzmiałą twarzą, bełkoczącymi suchymi ustami i trzepoczącą książką w garści. Ludzie, którzy jeszcze przed chwilą siedzieli i przytupywali w rytm środka do czyszczenia zębów Denham, superpłynu do płukania ust Denham, środka do czyszczenia zębów, do czyszczenia, do czyszczenia, do czyszczenia, raz dwa raz dwa trzy, raz dwa, raz dwa trzy; których usta poruszały się niemrawo w takt słów do czyszczenia, do czyszczenia, do czyszczenia. Żądne zemsty pociągowe radio rzygnęło na Montaga ogłuszającą muzyką odlaną z cyny, miedzi, srebra, chromu i spiżu. Ludzie zostali przymuszeni do posłuszeństwa. Nie uciekali, nie było dokąd. Pociąg pędził próżniową sztolnią w trzewiach ziemi.

– Lilie na polu.

– Denham.

– Powiedziałem: lilie!

Pasażerowie wytrzeszczali oczy.

– Wezwać ochronę.

– To war...

– Knoll View!

Pociąg wyhamował z sykiem.

– Knoll View. – Krzyk.

– Denham. – Szept.

– Lilie... – Ledwie poruszające się usta Montaga.

Drzwi wagonu zaświszczały i się otworzyły. Montag stał nieruchomo. Drzwi sapnęły i zaczęły się zamykać. Dopiero wtedy skoczył naprzód, wyminął stojących mu na drodze pasażerów i w ostatniej chwili wypadł przez zasuwające się drzwi na peron. Wrzeszczał w myślach, pędząc po wyłożonych białymi kafelkami tunelach. Nie korzystał ze schodów ruchomych, chciał czuć, że jego stopy się poruszają, ręce pracują miarowo, płuca się zaciskają, w gardle drapie od zimnego powietrza.

– Denham, Denham, Denham – ścigał go głos.

Pociąg zasyczał jak wąż i przepadł w swojej norze.

***

– Kto tam?

– To ja, Montag.

– Czego pan chce?

– Proszę otworzyć.

– Ja nic nie zrobiłem!

– Jestem sam, do diabła!

– Przysięga pan?

– Przysięgam!

Drzwi wejściowe się uchyliły i wyjrzał zza nich Faber; w świetle dnia wydawał się bardzo stary, kruchy i przerażony. Wyglądał, jakby od lat nie wychodził z domu, był łudząco podobny do biało tynkowanych wewnętrznych ścian: jego policzki i skóra wokół ust miały białawy odcień, włosy miał siwe, oczy – dawniej niebieskie – również wyblakły i zdradzały ślady bieli. Ledwie jednak zahaczył spojrzeniem o książkę trzymaną przez Montaga pod pachą, natychmiast odmłodniał i nabrał sił. Jego strach z wolna się rozpraszał.

– Przepraszam. Ostrożności nigdy za wiele. – Nie był w stanie oderwać wzroku od książki. – A więc to prawda.

Montag wszedł za próg. Drzwi się zamknęły.

– Proszę siadać.

Faber cofał się z oczyma utkwionymi w książkę, jakby bał się, że gdy tylko się odwróci, ona zaraz zniknie. Za jego plecami znajdowały się otwarte drzwi do sypialni, w której na roboczym blacie poniewierały się metalowe narzędzia i elementy maszynerii. Montag ledwie zdążył rzucić na nie okiem, zanim Faber – widząc, że jego gość zagląda ciekawie do drugiego pokoju – odwrócił się, zamknął drzwi i znieruchomiał z drżącą dłonią zaciśniętą na klamce. Wrócił rozbieganym spojrzeniem do Montaga, który przez ten czas zdążył usiąść i położyć sobie książkę na kolanach.

– Ta książka... Skąd ją pan ma?

– Ukradłem.

Faber pierwszy raz podniósł wzrok i spojrzał Montagowi w oczy.

– Jest pan odważny.

– Wcale nie. Moja żona umiera. Moja przyjaciółka nie żyje. Ktoś, kto mógł zostać moim przyjacielem, spłonął żywcem niespełna dwadzieścia cztery godziny temu. Jest pan jedynym człowiekiem, o którym wiem, że może mi pomóc zobaczyć... zobaczyć...

Faber poruszył nerwowo opartymi o kolana dłońmi.

– Mogę...?

– Przepraszam. – Montag podał mu książkę.

– Tyle czasu minęło... Nie jestem człowiekiem religijnym, ale tyle czasu... – Faber przewracał stronice, na niektórych zatrzymywał się, żeby coś przeczytać. – Jest dokładnie tak dobra, jak zapamiętałem. Na Boga, alež ją pozmieniali na potrzeby naszych salonów telewizyjnych. Chrystus należy dziś do „rodziny". Zastanawiam się czasem, czy Bóg rozpoznaje swojego Syna, kiedy go tak stroimy... a może raczej ubieramy w łachmany? Prawdziwy z niego cukiereczek, nic tylko lukier i sacharyna. Oczywiście w tych chwilach, gdy nie czyni zawoalowanych aluzji do produktów, które każdy wierny koniecznie powinien mieć. – Obwąchał książkę. – Wie pan, że książki pachną gałką muszkatołową albo innymi egzotycznymi przyprawami? W dzieciństwie uwielbiałem je wąchać. Boże, kiedyś było naprawdę mnóstwo pięknych książek, zanim z nich zrezygnowaliśmy. – Dalej obracał kartki. – Panie Montag, siedzi przed panem tchórz. Widziałem, do czego to zmierza, dawno temu. Nic nie mówiłem. Należę do tych niewinnych, którzy mogli przemówić głośno, gdy nikt nie chciał słuchać „winnych", ale nie przemówiłem i w ten sposób sam również stałem się winny. Gdy w końcu utworzyli oficjalną strukturę służącą paleniu książek, opartą na strażakach, poburczałem trochę, ale ostatecznie się uspokoiłem, bo zabrakło chętnych, żeby burczeć albo krzyczeć razem ze mną. A dziś jest za późno. – Zamknął Biblię. – No dobrze... Może mi pan powie, po co przyszedł?

– Nikt już nie słucha. Nie mogę mówić do ścian, bo one na mnie krzyczą. Nie mogę rozmawiać z żoną, bo ona słucha ścian. Potrzebny mi ktoś, kto mnie wysłucha. Może jeśli będę mówił dostatecznie długo, wyniknie z tego jakiś sens. Chciałbym też, żeby nauczył mnie pan rozumieć, co czytam.

Faber obrzucił badawczym spojrzeniem szczupłą twarz Montaga, obwisłe sinawe policzki.

– Co panem tak wstrząsnęło? Co wytrąciło panu pochodnię z rąk?

– Nie wiem. Mamy wszystko, co niezbędne do szczęścia, a mimo to nie jesteśmy szczęśliwi. Czegoś brakuje. Rozejrzałem się wokół siebie. Jedyną rzeczą, co do której miałem pewność, że jej brakuje, były książki, które spaliłem przez ostatnie dziesięć, dwanaście lat. Pomyślałem więc, że książki mogą pomóc.

– Jest pan beznadziejnym romantykiem, co byłoby nawet zabawne, gdyby nie było poważną sprawą. To nie samych książek panu brakuje, lecz rzeczy, które były w tych książkach. To samo można by dziś lokować w „rodzinach", które spotykamy w naszych salonach; ten sam ogrom szczegółów i świadomości można by przekazywać za pośrednictwem radia i telewizji, ale tak się nie dzieje. Nie, nie, drogi panie, to nie książek panu brakuje, tylko czegoś, co można znaleźć w różnych miejscach: na starych płytach gramofonowych, w starych filmach, u starych przyjaciół; należy tego szukać w naturze i w sobie samym. Książki były zaledwie jednym z wielu rodzajów naczyń służących do przechowywania rzeczy, o których baliśmy się zapomnieć. Nie mają w sobie nic z magii. Magią było to, co mówiły; było nią to, w jaki sposób zszywały skrawki wszechświata w skrojone na naszą miarę okrycie. Oczywiście nie mógł pan o tym wiedzieć, tak jak teraz nie do końca rozumie pan, co mam na myśli. Intuicja pana nie zawiodła, i to jest najważniejsze. Brakuje nam trzech rzeczy.

Po pierwsze: czy wie pan, dlaczego takie książki jak ta są ważne? Otóż mają one swoją jakość. Co to oznacza? Dla mnie oznacza to przede wszystkim fakturę, ona jest najważniejsza. Ta książka ma pory, ma swoje cechy charakterystyczne; można ją położyć pod mikroskopem i znaleźć w niej życie, przepływające pod szkiełkiem w nieskończonej obfitości. Im więcej takich porów, im więcej wiernie zapisanych szczegółów życia na cal kwadratowy mieści kartka papieru, tym bardziej „literackie" dzieło. Taką w każdym razie definicję ukułem na własny użytek. Liczą się szczegóły. Drobiazgi.

Świeże detale. Dobrzy pisarze często dotykają życia, przeciętniacy prześlizgują się po jego powierzchni, a słabi gwałcą je i porzucają na pastwę much.

Rozumie pan teraz, dlaczego książki budzą nienawiść i lęk? Pokazują pory na obliczu życia. Ludzie są wygodni, wolą gładkie, księżycowe twarze: pozbawione porów, włosków, wyrazu. Żyjemy w czasach, w których kwiaty usiłują wzrastać na innych kwiatach, zamiast czerpać soki z deszczu i żyznej gleby. Nawet fajerwerki, mimo całej swojej urody, biorą początek w chemii ziemi. Tymczasem my żyjemy złudzeniem, że możemy rosnąć, żerując na kwiatach i fajerwerkach, i nie wracać do rzeczywistości. Nie dopełniać cyklu. Zna pan mit o Herkulesie i Antajosie, olbrzymie zapaśniku, który dysponował ogromną siłą, dopóki opierał stopy na ziemi? Kiedy jednak Herkules odciął go od korzeni i podźwignął w powietrze, Antajos stał się bezradny. Jeśli ta legenda nie niesie żadnego przesłania dla nas, żyjących tu i teraz, w tym mieście, to muszę być kompletnie obłąkany. Oto więc pierwsza rzecz, której potrzebujemy: jakość i faktura informacji.

– Jaka jest druga?

– Czas wolny.

– Mamy go aż nadto.

– Owszem, czasu wolnego od pracy. Ale czy mamy czas na myślenie? Jeżeli nie pędzi pan akurat odrzutowozem z prędkością stu mil na godzinę, bez reszty skoncentrowany na grożącym panu niebezpieczeństwie, to gra pan w jakąś grę w salonie, gdzie nie sposób się spierać z zajmującym cztery ściany telewizorem. Dlaczego? Dlatego, że telewizor jest „prawdziwy", namacalny, ma konkretne wymiary. Nie tylko mówi panu, co robić, ale wtłacza to panu do głowy z ogromnym impetem. Na pewno ma rację. Niemożliwe, żeby się mylił. Tak szybko popycha pana ku z góry przewidzianym wnioskom, że pański umysł nie ma czasu zaprotestować: „Co za bzdury!".

– Ale „rodzina" składa się z „ludzi".

– Słucham?

– Moja żona mówi, że książki nie są „prawdziwe".

– I bardzo dobrze! Książkę można zamknąć, powiedzieć: „Zaraz, chwileczkę" i odegrać wobec niej Boga. A czy udało się komuś kiedykolwiek wyrwać ze szponów ziarna posianego w salonie telewizyjnym? Przecież ono przybiera dowolny kształt, jaki tylko zechce! Tworzy środowisko nie mniej rzeczywiste od świata na zewnątrz. Staje się i jest prawdą. Książki można pokonać rozumem. A jednak mimo całej swojej wiedzy i sceptycyzmu nigdy nie umiałem się spierać ze stuosobową orkiestrą symfoniczną w pełnym kolorze i trzech wymiarach, w której środku się znajdowałem i której część stanowiłem w salonie ścianowizyjnym. Jak pan widzi, u mnie w salonie są po prostu cztery gołe ściany. O, a tu mam coś takiego. – Pokazał na dłoni dwie gumowe zatyczki. – Do uszu, kiedy jadę metrem.

– Środek do czyszczenia zębów Denham. Nie pracują ani przędą – wyrecytował Montag z zamkniętymi oczyma. – Co dalej z nami będzie? Czy książki mogłyby nam pomóc?

– Pod jednym warunkiem: że będziemy dysponowali trzecią z zapowiedzianych przeze mnie niezbędnych rzeczy. Pierwszą jest, jak wspomniałem, jakość informacji. Drugą czas wolny niezbędny na jej przyswojenie. Rzecz trzecia to prawo do podejmowania działań w oparciu o wiedzę wyniesioną z interakcji dwóch pierwszych. Nie wydaje mi się, żeby jeden bardzo stary człowiek i jeden rozgoryczony strażak mogli wiele wskórać, włączając się do gry na tak późnym jej etapie...

– Mogę zdobyć książki.

– To ryzykowne.

– Oto dobra strona umierania: kiedy człowiek nie ma nic do stracenia, może ryzykować do woli.

– Powiedział pan niezwykle ciekawą rzecz. – Faber się roześmiał. – I nigdzie jej pan wcześniej nie wyczytał!

– To takie rzeczy też są w książkach? Bo mnie to po prostu przyszło do głowy i już!

– Tym lepiej. Nie wymyślił pan tego ani dla siebie, ani dla mnie, ani w ogóle dla nikogo.

Montag pochylił się do przodu.

– Pomyślałem sobie dzisiaj po południu, że gdyby się okazało, iż książki są warte zachodu, to moglibyśmy skombinować gdzieś prasę i wydrukować trochę egzemplarzy ekstra...

– My?

– Pan i ja.

– O nie! – Faber wyprostował się na krześle.

– Proszę poczekać, aż wyłuszczę panu swój plan...

– Jeżeli będzie się pan przy tym upierał, będę zmuszony pana wyprosić.

– Nie interesuje to pana?

– Nie kiedy zaczyna pan o tym mówić w sposób, który grozi mi spaleniem żywcem. Mógłbym pana ewentualnie wysłuchać tylko wówczas, gdyby pański plan zakładał zniszczenie całej struktury straży pożarnej. Gdyby na przykład zasugerował pan, żebyśmy dodrukowali trochę książek i poukrywali je w wybranych domach w kraju, aby w ten sposób skierować podejrzenie na podpalaczy... O tak, wtedy bym panu przyklasnął.

– Podrzucić książki, wszcząć alarm i patrzeć, jak płoną domy strażaków. Dobrze zrozumiałem?

Faber uniósł brwi i spojrzał na Montaga jak na całkiem obcego człowieka.

– Żartowałem – odparł.

– Gdyby uznał pan, że warto podjąć taką próbę, musiałbym uwierzyć panu na słowo, że nie pójdzie ona na marne.

– Nie mogę dać takiej gwarancji! Jak by nie patrzeć, w czasach, kiedy jeszcze mieliśmy książki, i tak upieraliśmy się, żeby znaleźć najwyższe urwisko i rzucić się z niego w przepaść. Potrzebujemy jednak chwili wytchnienia. Potrzebujemy wiedzy. Może dzięki temu za tysiąc lat będziemy wyszukiwali inne, niższe urwiska. Książki mają nam przypominać, jacy z nas głupcy; jakie z nas osły. Są jak pretorianie cezara, szepczący mu do ucha, gdy w triumfalnym pochodzie kroczy aleją: „Pomnij, cezarze, żeś śmiertelny". Większość z nas nie może objechać całego świata, porozmawiać ze wszystkimi, poznać wszystkich miast; nie mamy na to czasu, pieniędzy ani dostatecznej liczby przyjaciół. Wszystko to, czego pan szuka, Montag, naprawdę istnieje, lecz dla przeciętnego zjadacza chleba dziewięćdziesiąt dziewięć procent tych rzeczy jest dostępne wyłącznie za pośrednictwem książek. Proszę nie domagać się gwarancji. I proszę nie upatrywać nadziei na ocalenie w jednej tylko rzeczy, osobie, maszynie, bibliotece. Proszę samemu przyłożyć się do dzieła ocalania; jeśli przyjdzie panu utonąć, przynajmniej pójdzie pan na dno ze świadomością, że płynął do brzegu.

Faber wstał i zaczął się przechadzać po pokoju.

– To jak będzie? – spytał Montag.

– Pan mówi poważnie?

– Całkowicie poważnie.

– Muszę przyznać, że plan jest wyjątkowo podstępny. – Faber obejrzał się nerwowo na drzwi do sypialni. – Remizy płonące w całym kraju jako wylęgarnie zdradzieckich postaw. Salamandra pożerająca własny ogon! Ach, Boże!

– Mam adresy wszystkich strażaków. Gdybyśmy dysponowali jakimiś podziemnymi strukturami...

– Szkopuł w tym, że ludziom nie można ufać. Pan, ja... Kto jeszcze wznieci te pożary?

– Nie ma więcej takich ludzi jak pan? Profesorów, byłych pisarzy, historyków, lingwistów...

– Są albo bardzo wiekowi, albo już martwi.

– Im starsi, tym lepsi. Nie będą się rzucać w oczy. Na pewno zna ich pan całe tuziny, proszę się przyznać.

– Jest cała rzesza aktorów, którzy od wieków nie grali nic Pirandella, Shawa ani Shakespeare'a, ponieważ ich sztuki są nazbyt świadome świata. Moglibyśmy skanalizować ich furię. Moglibyśmy również wykorzystać szczery gniew tych historyków, którzy od czterdziestu lat nie napisali ani linijki. Przyznaję, można by zainicjować zajęcia z czytania i myślenia.

– Otóż to!

– Tyle że to by było zaledwie podskubywanie rubieży kultury, a ta jest przeżarta złem na wylot. Cały jej szkielet trzeba przetopić i uformować na nowo. To nie takie proste, nie wystarczy ponownie wziąć do ręki książki, którą odłożyło się pół wieku temu. Proszę nie zapominać, że strażacy rzadko bywają potrzebni; ludzie sami z siebie przestali czytać. Wy, strażacy, od czasu do czasu zrobicie cyrk, spalicie jakiś dom, gawiedź przyjdzie się nacieszyć pożarem, ale są to w gruncie rzeczy mało ważne pokazówki, wcale nie niezbędne dla zachowania porządku. Mało kto chce się dzisiaj buntować, a większość z tych nielicznych, którzy chcą, tak jak ja, zwyczajnie się boi. Umie pan tańczyć szybciej niż Biały Clown albo krzyczeć głośniej niż „Pan Sztuczka" i salonowe „rodziny"? Jeżeli tak, to sobie pan poradzi, panie Montag, ale tak czy inaczej pozostanie pan głupcem. Bo ludzie dobrze się bawią.

– Popełniając samobójstwo! Albo morderstwo!

Przez cały czas trwania ich rozmowy eskadra bombowców sunęła na wschód, ale oni dopiero w tej chwili ucichli, wsłuchani w basowe drżenie w swoich trzewiach.

– Cierpliwości, panie Montag. Niech wojna wyłączy „rodziny". Siła odśrodkowa rozsadza naszą cywilizację na kawałki. Proszę się odsunąć od wirówki.

– Ktoś musi być przygotowany na tę chwilę, gdy wszystko się rozleci.

– Ale kto? Ludzie, którzy cytują Miltona z pamięci? Znawcy Sofoklesa? I po co, żeby przypomnieć ocalałym, że człowiek bywa też czasem dobry? Jedni i drudzy nagarną kamieni i zaczną się nimi nawzajem obrzucać. Proszę wracać do domu, panie Montag, położyć się do łóżka. Po co spędzać swoje ostatnie godziny na ganianiu w kółko po klatce i zaprzeczaniu, że jest pan wiewiórką?

– Czyli jest panu wszystko jedno?

– Przeciwnie: tak bardzo nie jest mi wszystko jedno, że robi mi się od tego niedobrze.

– A więc mi pan nie pomoże?

– Dobranoc. Dobranoc.

Ręce Montaga złapały Biblię. Zdziwił się, kiedy zobaczył, co zrobiły.

– Chciałby ją pan dostać na własność?

– Oddałbym za nią prawą rękę – odparł Faber.

Montag stał i czekał, co się wydarzy. Jego dłonie – obdarzone własną wolą, jak dwaj współpracujący ludzie – poczęły rozdzierać książkę na strzępy. Wyszarpnęły wyklejkę, wyrwały pierwszą kartkę, drugą.

– Co robisz, idioto!

Faber zerwał się jak oparzony i rzucił się na Montaga, który tylko go odepchnął. Jego dłonie kontynuowały swoje dzieło. Kolejne sześć stronic opadło na podłogę. Zebrał je i na oczach Fabera zmiął w garści.

– Przestań! – jęknął staruszek. – Och, przestań!

– Kto mnie powstrzyma? Jestem strażakiem. Mogę cię spalić!

Faber spojrzał Montagowi w oczy.

– Nie zrobiłbyś tego.

– Mógłbym.

– Zostaw książkę. Nie drzyj jej już. – Faber opadł na krzesło. Twarz miał białą jak płótno, wargi mu drżały. – Nie dręcz mnie dłużej. Czego chcesz?

– Chcę, żebyś mnie uczył.

– Dobrze, w porządku.

Montag odłożył książkę, rozwinął zgniecione kartki i zaczął je wygładzać.

Staruszek przyglądał mu się znużonym wzrokiem, aż w końcu potrząsnął głową, jakby przed chwilą się przebudził.

– Masz jakieś pieniądze, Montag?

– Trochę mam, jakieś czterysta, pięćset dolarów. A co?

– Przynieś je. Znam człowieka, który pół wieku temu drukował naszą gazetkę uczelnianą. To był rok, w którym na początku semestru przyszedłem na zajęcia i w sali zastałem tylko jednego studenta, który zapisał się na „Dramat od Ajschylosa do O'Neilla". Rozumie pan? To było jak piękna lodowa rzeźba roztapiająca się w słońcu. Pamiętam gazety, umierały niczym ogromne ćmy. Nikt ich nie chciał. Nikt za nimi nie zatęsknił. A rząd, doceniwszy oczywiste zalety faktu, że ludzie chcą czytać tylko o namiętnych wargach i ciosie pięścią w brzuch, utrwalił ten stan rzeczy za pomocą waszych miotaczy ognia. Ale do rzeczy, Montag. Znam bezrobotnego drukarza. Moglibyśmy zacząć od paru książek na początek, a potem poczekać, aż wojna przełamie schemat i da nam niezbędny impuls. Wystarczy kilka bomb, żeby „rodziny", które jak szczury zagnieździły się w ścianach domów, zniknęły bez śladu. A wtedy w ciszy nasz sceniczny szept może się ponieść bardzo daleko.

Stali nieruchomo, wpatrzeni w leżącą na stole książkę.

– Próbuję sobie przypomnieć... – powiedział Montag. – Ale ledwie odwrócę głowę, to znowu znika! Boże, chciałbym mieć co powiedzieć kapitanowi. Jest oczytany, zna wszystkie odpowiedzi. Przynajmniej takie sprawia wrażenie. Jego głos jest jak masło. Boję się, że mnie z powrotem przekabaci. Jeszcze przed tygodniem pompowałem naftę jak wściekły i myślałem, że to fantastyczna zabawa!

Staruszek pokiwał głową.

– Kto nie buduje, ten pali. Historia stara jak świat i młodociani przestępcy.

– Czyli taki właśnie jestem.

– Po części wszyscy tacy jesteśmy.

Montag podszedł do drzwi wejściowych.

– Możesz mi jakoś pomóc? Dziś wieczorem mam się spotkać z kapitanem, przydałby mi się jakiś parasol ochronny. Cholernie się boję, że jeśli znów wpadnę w ręce kapitana, tym razem utonę.

Faber nie odpowiedział, tylko rzucił kolejne nerwowe spojrzenie na drzwi sypialni. Nie uszło ono uwagi Montaga.

– To jak?

Staruszek wziął głęboki wdech, chwilę przetrzymał powietrze w płucach i sapnął głośno. Westchnął ponownie z zamkniętymi oczyma i zaciśniętymi ustami.

– Montag... – Odwrócił się. – Chodź. Niewiele brakowało, a pozwoliłbym ci po prostu wyjść. Prawdziwy ze mnie tchórz i dureń.

Otworzył drzwi i wprowadził Montaga do małego pokoju, w którym na stole leżały najróżniejsze narzędzia, a także masa cieniuteńkich drucików, maleńkich cewek, szpulek i kryształków.

– Co to jest? – spytał Montag.

– Dowód mojego straszliwego tchórzostwa. Od wielu lat mieszkam sam, wśród wyobrażonych projekcji na ścianach. Radioelektronika to moje hobby. Moje tchórzostwo, dopełniające stłamszonego przez nie rewolucyjnego ducha, stało się namiętnością tak wielką, że musiałem zaprojektować to. – Faber wziął do ręki zielony metalowy przedmiot wielkości pocisku kaliber .22. – Skąd wziąłem pieniądze, żeby za to zapłacić? Z giełdy, ma się rozumieć, ostatniego azylu dla niebezpiecznych bezrobotnych intelektualistów. Grałem na giełdzie, budowałem to wszystko i czekałem. Pół życia trząsłem się ze strachu i czekałem na kogoś, kto do mnie przemówi. Sam nie odważyłem się odezwać do nikogo. Od czasu naszego spotkania w parku wiedziałem, że pewnego dnia do mnie przyjdziesz, chociaż trudno było przewidzieć, co mi przyniesiesz: płomień czy przyjaźń. Od miesięcy trzymam to maleństwo w gotowości, ale jestem takim tchórzem, że teraz omal nie pozwoliłem ci odejść!

– Wygląda jak radio w muszelce.

– To coś więcej! Ono słucha, Montag. Jeżeli włożysz je do ucha, będę mógł, siedząc wygodnie w domu i grzejąc przerażone kości, bezpiecznie podsłuchiwać świat strażaków, poznawać go i wyszukiwać jego słabe punkty. Jestem jak królowa pszczół, zamknięta bezpiecznie w ulu. A ty będziesz moim trutniem, moim ruchomym uchem. Mógłbym we współpracy z innymi ludźmi rozesłać takie uszy po całym mieście, a potem słuchać i analizować. Nawet jeśli truteń umrze, ja pozostanę bezpieczny, obłaskawiając swoją grozę poprzez maksimum komfortu i minimum ryzyka. Widzisz, jak asekurancko chciałbym to rozegrać? Rozumiesz, jak bardzo jestem godny wzgardy?

Montag włożył sobie zielony pocisk do ucha. Faber również wsunął do ucha podobny przedmiot i poruszył wargami.

– Montag!

Głos rozbrzmiał we wnętrzu głowy Montaga.

– Słyszę cię doskonale!

Staruszek się roześmiał.

– Ja ciebie też niezgorzej. – Powiedział to szeptem, lecz słowa przeniosły się głośno i wyraźnie. – Wróć do remizy. Będę cały czas z tobą. Razem posłuchamy tego całego kapitana Beatty'ego; Bóg jeden wie, czy nie jest jednym z nas. Będę ci podpowiadał, co mówić. Urządzimy mu pokazówkę. Nienawidzisz mnie za moje elektroniczne tchórzostwo? Oto wypycham cię w noc, a sam zamierzam trzymać się na tyłach i tylko słuchać, gdy ty będziesz kładł głowę pod topór.

– Każdy robi to, co do niego należy. – Montag włożył Biblię w dłonie Fabera. – Proszę. Zaryzykuję i oddam kapitanowi jakąś inną książkę zamiast tej. A jutro...

– Tak, wiem: spotkam się z tym bezrobotnym drukarzem. Tyle przynajmniej mogę zrobić.

– Dobranoc, profesorze.

– Wcale nie dobranoc. Będę przy tobie do rana, jak namolny giez łaskoczący cię w ucho za każdym razem, gdy będziesz mnie potrzebował. Ale i tak życzę ci dobrej nocy i powodzenia.

Drzwi otworzyły się i zamknęły. Montag, znalazłszy się znów na ciemnej ulicy, rozejrzał się dookoła.

***

Tej nocy na niebie wyczuwało się bliskość wojny. Było coś w sposobie, w jaki chmury rozpraszały się i ponownie gęstniały; w wyglądzie miliona gwiazd, pływających wśród obłoków jak nieprzyjacielskie dyski; w świadomości, że niebo mogłoby spaść na miasto i zgnieść je na kredowy proch, a księżyc mógłby je spalić czerwonym ogniem. Taka właśnie była ta noc.

Montag wyszedł z metra z pieniędzmi w kieszeni (po drodze zajrzał do całodobowego oddziału banku zatrudniającego robokasjerów). Idąc, słuchał słów płynących z włożonej do ucha muszelki:

– Powołano pod broń milion ludzi. Jeżeli wojna wybuchnie, odniesiemy błyskawiczne zwycięstwo...

Muzyka zagłuszyła głos spikera.

– Zmobilizowano dziesięć milionów – zabrzmiał w drugim uchu głos Fabera – ale mówi się tylko o milionie, bo to lepiej brzmi. Szczęśliwiej.

– Faber?

– Tak?

– Ja nie myślę. Po prostu robię to, co mi każą. Jak zawsze. Kazałeś mi wypłacić pieniądze, więc to zrobiłem. W ogóle o tym nie myślałem. Kiedy zacznę działać samodzielnie?

– Już zacząłeś, mówiąc to, co przed chwilą powiedziałeś. Musisz mi uwierzyć na słowo.

– Innym już wierzyłem na słowo!

– To prawda. Spójrz, dokąd cię to zaprowadziło. Przez jakiś czas będziesz musiał poruszać się na oślep. Złap się mojej ręki, poprowadzę cię.

– Nie po to chcę przejść na drugą stronę, żeby dalej ktoś mi dyktował, co mam robić. Gdyby mi to odpowiadało, nie miałbym powodu niczego zmieniać.

– Widzisz? Już jesteś mądry!

Montag czuł, jak stopy same niosą go w stronę domu.

– Mów do mnie.

– Mam ci poczytać? Ja będę czytał, a ty ucz się na pamięć. Sypiam zaledwie pięć godzin dziennie, nie mam nic do roboty, więc jeśli chcesz, będę ci czytał na dobranoc. Podobno nawet przez sen można chłonąć wiedzę, którą ktoś szepcze ci do ucha. Tak słyszałem.

– Dobrze.

– No to zaczynajmy. – Daleko, w mrokach nocy, po drugiej stronie miasta: ledwie słyszalny szmer przewracanej stronicy. – Księga Hioba.

Wschodził księżyc. Montag szedł, jego usta ledwie zauważalnie się poruszały.

***

O dziewiątej jadł właśnie lekką kolację, gdy drzwi wejściowe wrzasnęły donośnie i Mildred wybiegła z salonu jak mieszkaniec Pompejów uciekający przed erupcją Wezuwiusza. Pani Phelps i pani Bowles weszły przez próg i z kieliszkami martini w dłoniach przepadły w paszczy wulkanu. Montag przestał jeść. Przywodziły mu na myśl olbrzymi kryształowy żyrandol dźwięczący tysiącem dzwoneczków. Ich godne kota z Cheshire uśmiechy przepalały ściany na wylot. Po chwili wydzierały się do siebie, przekrzykując ogólny zgiełk.

Montag sam nie wiedział, kiedy znalazł się przy drzwiach salonu. Nawet nie zdążył przełknąć.

– Ależ wszyscy pięknie wyglądają!

– Pięknie.

– Świetnie wyglądasz, Millie!

– Świetnie.

– Wszyscy wyglądają szykownie.

– Szykownie!

Montag stał i patrzył.

– Cierpliwości – szepnął Faber.

– Nie powinno mnie tu być – odparł również szeptem Montag, jakby mówił do siebie. – Powinienem jechać do ciebie z pieniędzmi.

– Nie ma pośpiechu, jutro też będzie dobrze. Bądź ostrożny!

– Czyż ten program nie jest cudowny?! – zachwycała się Mildred.

– Cudowny!

Na jednej ze ścian kobieta jednocześnie uśmiechała się i popijała sok pomarańczowy. Jak udaje jej się robić dwie rzeczy naraz? pomyślał niezbyt mądrze Montag. Na pozostałych ścianach rentgenowski obraz tej samej kobiety pozwalał śledzić wędrówkę orzeźwiającego napoju, przemieszczanego ruchem robaczkowym do jej kapitalnego żołądka! Nagle cały salon zerwał się do lotu i niczym rakieta śmignął pomiędzy chmury, by po chwili zanurkować w limonkowym morzu, w którym niebieskie ryby zjadały czerwone i żółte ryby. Minutę później trzej Biali Rysunkowi Clowni odcinali sobie nawzajem ręce i nogi przy wtórze ogłuszających wybuchów śmiechu. Po kolejnych dwóch minutach salon przeniósł się do jednego z odrzutowozów pędzących w kółko po arenie, zderzających się ze sobą, cofających, zderzających ponownie. Ciała fruwały w powietrzu.

– Widziałaś to, Millie?!

– Widziałam! Widziałam!

Montag sięgnął w głąb ściany i przestawił główny wyłącznik. Obrazy spłynęły ze ścian, jakby ktoś spuścił wodę z olbrzymiego akwarium pełnego rozhisteryzowanych rybek.

Trzy kobiety odwróciły się powoli w jego stronę i obrzuciły go spojrzeniami pełnymi najpierw nieskrywanej irytacji, a potem otwartej niechęci.

– Jak sądzicie, kiedy wybuchnie wojna? – zapytał Montag. – Zauważyłem, że mężowie wam dziś nie towarzyszą.

– Pojawiają się i znikają – odparła pani Phelps. – Pojawiają i znikają. Przyjechał, wyjechał, Finnegan. Wczoraj armia wezwała Pete'a. Wróci za tydzień. Tak powiedziała armia. Szybka wojna. Czterdzieści osiem godzin, powiedzieli, i wszyscy wrócą do domu. Tak powiedzieli. Szybka wojna. Pete wczoraj dzwonił, powiedzieli, że wróci za tydzień. Szybka...

Trzy kobiety wierciły się nerwowo, popatrując na puste ściany koloru błota.

– Ja się nie martwię – podjęła pani Phelps. – Niech się Pete martwi. – Zachichotała. – Niech się stary Pete o wszystko martwi. Nie ja. Ja się nie martwię.

– Właśnie – zawtórowała jej Millie. – Niech się stary Pete martwi.

– Podobno tylko cudzy mężowie giną.

– Też tak słyszałam. Nie znałam osobiście nikogo, kto by zginął na wojnie. Co innego tacy, którzy zabili się, skacząc z wieżowców, na przykład mąż Glorii w zeszłym tygodniu. Ale na wojnie? Nie, nigdy.

– Nie na wojnie – potwierdziła pani Phelps. – Mniejsza z tym. Z Pete'em zawsze sobie powtarzaliśmy: żadnych łez. Nic z tych rzeczy. Dla każdego z nas jest to trzecie małżeństwo i jesteśmy niezależni. Bądźmy niezależni, tak sobie zawsze powtarzaliśmy. Jeśli zginę, mówił Pete, żyj dalej i nie płacz. Wyjdź ponownie za mąż i nie myśl o mnie.

– To mi coś przypomina – powiedziała Mildred. – Widziałyście ten pięciominutowy romans Clary Dove wczoraj wieczorem? Jest tam taka kobieta, która...

Montag w milczeniu patrzył na ich twarze, tak jak kiedyś patrzył na twarze świętych w jakimś obcym kościele, do którego trafił jako dziecko. Wtedy te emaliowane oblicza nic dla niego nie znaczyły, mimo że próbował przemawiać do tych istot i długo, długo stał w kościele, usiłował wciągnąć się w tę religię, zrozumieć, czym w ogóle jest religia, wchłonąć dostatecznie dużo gryzącego kadzidła i kurzu w płuca, a poprzez płuca także w krew, aby poczuć dotyk tych kolorowych mężczyzn i kobiet o porcelanowych oczach i rubinowych wargach i przejąć się ich znaczeniem. Nie znalazł jednak niczego, zupełnie niczego. Był to kolejny spacer przez jeden z wielu domów towarowych, z kieszeniami pełnymi obcej, bezużytecznej waluty, i nic nie było w stanie obudzić w nim pasji, nawet gdy dotykał drewna, tynku i gliny. Teraz czuł się podobnie w swoim własnym salonie, w towarzystwie tych kobiet, które wierciły się na fotelach, gdy na nie spoglądał, zapalały papierosy, wydmuchiwały dym, muskały rozognione słońcem włosy i badawczym wzrokiem mierzyły płomieniste paznokcie, jakby te zajęły się ogniem od jego spojrzenia. Na ich twarzach malowała się udręka milczenia. Pochylały się w skupieniu, gdy Montag głośno przełykał ostatni kęs kolacji. Wsłuchiwały się w jego gorączkowo przyśpieszony oddech. Trzy puste ściany przywodziły na myśl spokojne czoła śpiących olbrzymów, śniących sny bez marzeń. Miał wrażenie, że gdyby dotknął tych trzech zwróconych ku niemu czół, poczułby na opuszkach palców słonawy pot, skroplony w gęstniejącej ciszy i przesyconym niesłyszalną wibracją powietrzu. Trzy kobiety emanowały takim napięciem, jakby w każdej chwili mogły przeciągle zasyczeć, zaskwierczeć i eksplodować.

Jego usta się poruszyły:

– Porozmawiajmy.

Kobiety drgnęły nerwowo i wytrzeszczyły oczy.

– Jak się czują pani dzieci, pani Phelps? – zapytał.

– Dobrze pan wie, że nie mam dzieci! Jak mi Bóg miły, nikt przy zdrowych zmysłach nie chciałby mieć dzieci! – odparowała pani Phelps, nie całkiem pewna, dlaczego właściwie złości się na tego mężczyznę.

– Tego bym nie powiedziała – zaoponowała pani Bowles. – Urodziłam dwoje dzieci, oboje przez cesarskie cięcie. Nie ma sensu przesadnie się męczyć dla dziecka, ale świat musi się odtwarzać, wie pani. Wyścig musi trwać. Poza tym dzieci bywają podobne do rodziców i to jest bardzo sympatyczne. Dwie cesarki załatwiły sprawę, ot tak. Mój lekarz twierdził, że zabieg nie będzie potrzebny; ma pani odpowiednie biodra, mówił, wszystko przebiega normalnie. Ale ja nalegałam.

– Z cesarką czy nie, dzieci są wyniszczające – orzekła pani Phelps. – Musiała pani postradać zmysły.

– Dziewięć na dziesięć dni spędzają w szkole, a ja jakoś je toleruję, gdy trzy razy w miesiącu wracają do domu. Wcale nie jest tak źle: zagania się je do salonu i pstryka przełącznikiem. To jak z praniem: wystarczy włożyć bieliznę do pralki i zatrzasnąć pokrywę. – Pani Bowles parsknęła śmiechem. – Byłyby gotowe zarówno mnie pocałować, jak i kopnąć. Tyle że ja, dzięki Bogu, umiem oddać!

Wszystkie trzy kobiety pokazały języki i zaniosły się śmiechem.

Widząc, że Montag nadal stoi w drzwiach, Mildred zaklaskała w dłonie.

– Porozmawiajmy o polityce! – zaproponowała. – Guy będzie zadowolony.

– Dobrze – zgodziła się pani Bowles. – Tak jak wszyscy, wzięłam udział w ostatnich wyborach i oddałam głos na prezydenta Noble'a. Moim zdaniem to jeden z najprzystojniejszych prezydentów w historii.

– Ale ten jego kontrkandydat, Boże...

– Nędzny, prawda? Taki... niski, przeciętny, wiecznie niedogolony i nieuczesany.

– Co też strzeliło tamtym do głowy, żeby go wystawić? Nie godzi się takiemu mikrusowi stawać w szranki z wysokim mężczyzną. Poza tym jak on bełkotał; słyszałam co drugie jego słowo, a tych, które słyszałam, nie rozumiałam!

– Na dodatek był gruby i wcale nie próbował tego tuszować ubiorem. Nic dziwnego, że Winston Noble wygrał z tak ogromną przewagą. Nawet to zestawienie nazwisk: Winston Noble kontra Herbert Hoag. Wystarczy zastanowić się nad nimi przez dziesięć sekund, żeby przewidzieć wynik głosowania.

– Do diabła! – wydarł się nagle Montag. – A co wy w ogóle wiecie na temat Hoaga i Noble'a?!

– No cóż, nie dalej niż sześć miesięcy temu siedzieli tutaj, w ścianowizji. Jeden z nich bez przerwy dłubał w nosie, czym doprowadzał mnie do szewskiej pasji.

– Panie Montag... – odezwała się pani Phelps. – Naprawdę chciałby pan, żebyśmy głosowały na kogoś takiego?

– Zmykaj już, Guy – powiedziała rozpromieniona Mildred. – Nie denerwuj nas.

Montag zniknął, ale zaraz wrócił. Z książką w dłoni.

– Guy!

– Do diaska! Do diaska! Ależ do diaska!

– Co pan tam ma? Czy to książka? Myślałam, że w dzisiejszych czasach wszelkie szkolenia załatwia się poprzez filmy. – Pani Phelps zamrugała. – Dokształca się pan z teorii pożarnictwa?

– Z teorii, tego by jeszcze brakowało – mruknął Montag. – To jest poezja.

Szept:

– Montag.

– Daj mi spokój!

Montag zakręcił się w miejscu, ogłuszony natrętnym buczeniem i bzyczeniem.

– Czekaj, Montag, nie...

– Słyszałeś je? Słyszałeś, co te potwory mówią o potworach? Na Boga! Słyszałeś, jak bełkoczą o innych ludziach, o swoich dzieciach, o sobie samych; jak gadają o swoich mężach i o wojnie? Do diabła! Stoję tu i nie wierzę własnym uszom!

– Śpieszę nadmienić, że ja ani słowem nie wspomniałam o wojnie – wytknęła mu pani Phelps.

– Co się zaś tyczy poezji – wtrąciła pani Bowles – to szczerze jej nie znoszę.

– A czytała pani jakieś wiersze?

– Montag! – Głos Fabera drażnił go w ucho. – Zamknij się, głupcze! Wszystko zepsujesz!

Trzy kobiety zerwały się na równe nogi.

– Siadać!

Usiadły.

– Wracam do domu – oznajmiła drżącym głosem pani Bowles.

– Montag, na miłość boską, co ty kombinujesz? – nie ustępował Faber.

– A może przeczyta pan nam któryś z wierszy z tej książeczki? – Pani Phelps ruchem głowy wskazała tomik. – To mogłoby być nadzwyczaj interesujące.

– Tak nie można! – zawodziła pani Bowles. – To zabronione!

– Ależ proszę spojrzeć na pana Montaga: on chce to zrobić. To widać. Jeżeli go grzecznie wysłuchamy, będzie zadowolony, a my potem będziemy mogły być może zająć się czymś innym.

Pani Phelps obrzuciła nerwowym spojrzeniem otaczające ich puste ściany.

– Jeżeli to zrobisz, Montag, rozłączę się. – Buczący żuk dźgał go w ucho. – Zostaniesz sam. Po co to robisz? Co chcesz udowodnić?

– Chcę je nastraszyć, ot co! Chcę je śmiertelnie przerazić!

– Guy? – Mildred zagapiła się w przestrzeń. – Z kim ty rozmawiasz?

Srebrna igła przeszyła mu mózg.

– Posłuchaj, Montag, masz tylko jedno wyjście. Obróć wszystko w żart. Zagadaj je jakoś, udaj, że wcale nie jesteś szalony, a potem podejdź do wbudowanej w ścianę spalarki i wrzuć do niej książkę!

– Drogie panie – zaczęła drżącym głosem Mildred, uprzedzając rozwój wydarzeń. – Raz na rok każdy strażak ma prawo przynieść do domu książkę z dawnych czasów, aby pokazać bliskim, jak niemądra była tradycja czytelnicza; jak bardzo książka potrafi człowieka rozstroić i zdenerwować. Guy postanowił zrobić wam dzisiaj niespodziankę i odczytać fragment takiej właśnie książki, by zilustrować, jak skomplikowana bywała przeszłość. Dzięki niemu nigdy więcej nie będziemy musiały sobie zawracać naszych małych, starych główek takimi śmieciami. Dobrze mówię, kochanie?

Ścisnął książkę w dłoniach.

– Powiedz „tak".

Jego usta poruszyły się w ślad za ustami Fabera:

– Tak.

Mildred ze śmiechem zabrała mu książkę.

– Proszę. Przeczytaj ten wiersz. Albo nie, odwołuję to. Tu jest ten naprawdę śmieszny, który czytałeś dzisiaj na głos. Nie zrozumiecie z niego ani słowa, drogie panie. Ani słóweczka; takie tylko tam-ta-ram-ta-ra-ra-ram. Śmiało, Guy. Ten.

Spojrzał na otwartą książkę.

Mucha zabzyczała mu cicho w uchu:

– Czytaj.

– Jaki ma tytuł, kochanie?

– *Wybrzeże w Dover.*

– Czytaj, proszę, dźwięcznym głosem. I nie śpiesz się.

W pokoju panował upał, a on płonął jak ogień. Ziębił jak lód. Kobiety siedziały na krzesłach pośrodku pustyni, a on stał przed nimi, chwiał się i czekał, aż pani Phelps skończy wygładzać rąbek sukienki, a pani Bowles poprawiać fryzurę. W końcu zaczął czytać, jego głos, z początku cichy i niepewny, z każdym kolejnym wersem nabierał mocy, niósł się ponad pustynią i przepadał w bieli rozpalonej pustki zajmowanej przez trzy kobiety.

Ocean Wiary
W dawnych wiekach, wezbrany, brzegi kontynentów
Otulał swym nadmiarem jak jedwabna szata;
Dzisiaj słyszę jedynie
Smętny szum cofających się morskich odmętów,
Fali, która to ślepo runie, to odpłynie
W świście nocnego wiatru przez nagie obszary
Jałowych piasków i skał tego świata.

Krzesła skrzypiały pod ciężarem trzech kobiet.

Bądźmy choć my oboje
Wierni sobie nawzajem, miła! bo przed nami
Z pozoru świetny, nowy, nęcący tęczami
Świat, gościnnie rozwarte marzenia podwoje —
Ale naprawdę troski, bóle, niepokoje,
Mrok bez światła miłości, jad w każdym pokarmie;
Na tej ciemnej równinie stoimy we dwoje
W szturmów, odwrotów dzikim, zmieszanym alarmie,
Gdy ścierają się wokół ślepe, wrogie armie.*

Pani Phelps płakała.

---

* Matthew Arnold, *Wybrzeże Dover*, przeł. S. Barańczak (przyp. tłum.).

Pozostałe kobiety na środku pustyni patrzyły na nią, gdy płakała coraz głośniej, a jej twarz stopniowo traciła kształt. Siedziały, nie dotykając jej, oszołomione jej zachowaniem. Szlochała spazmatycznie. Montag również był wstrząśnięty.

– Ćśś, ćśś... – odezwała się Mildred. – Wszystko w porządku, Claro, no już, już, Claro, dajże spokój! Co się z tobą dzieje?

– Ja... ja... – zaszlochała pani Phelps. – Ja... nie wiem. Nie wiem, po prostu nie wiem, och...

Pani Bowles wstała i spiorunowała Montaga wzrokiem.

– Widzi pan? Wiedziałam, że tak będzie. O to mi właśnie chodziło, przewidziałam, że tak się stanie! Zawsze to powtarzałam: poezja i łzy, poezja i samobójstwo, płacz i brzydkie uczucia, poezja i choroba... Cała ta tkliwość! A teraz na własne oczy oglądam jej skutki. Niedobry z pana człowiek, panie Montag. Bardzo niedobry.

– Teraz – powiedział Faber.

Montag czuł, jak się odwraca, podchodzi do ściany i wrzuca książkę w okutą mosiądzem szczelinę na spotkanie buzujących w dole płomieni.

– Głupie słowa, głupie słowa, głupie, wstrętne, krzywdzące słowa – mówiła dalej pani Bowles. – Po co ludzie mieliby chcieć krzywdzić innych ludzi? Mało jest cierpienia na świecie? Trzeba dodatkowo dręczyć ludzi takimi rzeczami?

– Claro, Claro, już dobrze. – Mildred ciągnęła panią Phelps za rękę. – Chodź, zabawimy się. Włącz „rodzinę", no już, włącz. Śmiało. Śmiejmy się i bądźmy szczęśliwe. Nie płacz. Urządźmy sobie przyjęcie!

– Nie – powiedziała pani Bowles. – Ja wracam biegiem do domu. Jeżeli chcecie odwiedzić mnie i moją „rodzinę", proszę bardzo, ale moja stopa nigdy więcej nie postanie tutaj, w tym zwariowanym domu strażaka!

– Wracaj do domu – odparł Montag, utkwiwszy w niej spokojny wzrok. – Wracaj i pomyśl o swoim pierwszym mężu, z którym się rozwiodłaś, o drugim, który zginął w wypadku, a potem o trzecim, który palnął sobie w łeb. Wracaj i pomyśl o tuzinie aborcji, których dokonałaś. Pomyśl o nich, pomyśl o tych przeklętych cesarskich cięciach i o dzieciach, które serdecznie cię nienawidzą! Wracaj do domu i pomyśl o tym, jak mogło do tego wszystkiego dojść i co zrobiłaś, żeby temu zapobiec. Wracaj do domu! Do domu! – Teraz już krzyczał. – Wynocha, zanim cię nałomoczę i na kopach za drzwi wyniosę!

Trzasnęły drzwi. Dom zrobił się pusty. Montag został sam wśród zimowej aury, otoczony ścianami salonu, które przybrały kolor brudnego śniegu.

Z łazienki dobiegał szum płynącej wody. Montag usłyszał, jak Mildred wytrząsa na dłoń tabletki nasenne.

– Głupi Montag, głupi, głupi, na Boga, ależ z ciebie głupiec...

– Zamknij się! – Wyjął pocisk z ucha i schował do kieszeni.

– ... głupi... głupi... – syczała cichutko zielona muszelka.

Przeszukał dom i znalazł książki ukryte przez Mildred za lodówką. Niektórych brakowało; domyślał się, że Mildred zaczęła na własną rękę pozbywać się rozproszonego po domu dynamitu, pomalutku, laska po lasce. Nawet się na nią nie złościł, w tej chwili był przede wszystkim wyczerpany i zdumiony własnym zachowaniem.

Wyniósł książki na podwórko za domem i schował w krzakach przy ogrodzeniu od strony zaułka na tyłach. Tylko na dzisiejszą noc, obiecał sobie w duchu. Na wypadek gdyby postanowiła spalić coś jeszcze.

Wrócił do środka, przeszedł przez pokoje.

– Mildred?! – zawołał, stanąwszy w progu ciemnej sypialni. Nie odpowiedział mu żaden dźwięk.

Wyszedł do pracy. Idąc przez trawnik, bardzo starał się nie widzieć tego, jak kompletnie ciemny i opuszczony jest dom Clarisse McClellan...

W drodze do centrum był tak absolutnie samotny ze swoją straszliwą pomyłką, że nagle odczuł potrzebę przypomnienia sobie osobliwej bliskości i ciepła znajomego łagodnego głosu rozbrzmiewającego w mroku. Minęło zaledwie kilka krótkich godzin, a już miał wrażenie, jakby znał Fabera przez całe życie. Wiedział teraz, że jest dwoma ludźmi jednocześnie. Wiedział, że jest Montagiem, który nic nie wie, nie wie nawet tego, że jest głupcem, lecz co najwyżej się tego domyśla – i wiedział, że jest także starym człowiekiem, który mówił do niego i mówił, gdy zassany w próżniowy tunel pociąg jednym długim, mdlącym sapnięciem przemykał z jednego krańca nocnego miasta na drugi. Przez następne dni, przez kolejne noce – te bezksiężycowe i te, w które księżyc bardzo jasno świeci na ziemię – staruszek będzie gadał i gadał, kropla po kropli, kamień po kamieniu, płatek po płatku, aż w końcu umysł Montaga się przepełni i on sam przestanie być Montagiem, jak powiedział mu staruszek, o czym go zapewniał, jak mu obiecywał, i stanie się Montagiem-plus-Faberem, ogniem i wodą, a wtedy, pewnego dnia, kiedy wszystko się przemiesza, przegryzie, przetrawi w ciszy, nie będzie ognia ani wody, tylko wino. Z dwóch odrębnych i przeciwstawnych bytów powstanie trzeci. Pewnego dnia obejrzy się w przeszłość, zobaczy głupca i go rozpozna. Już w tej chwili czuł, że stoi u początku wielkiej podróży, wielkiego porzucenia, wielkiego odejścia od swojego poprzedniego „ja".

Miło się słuchało buczenia żuka, sennego bzyczenia komara, delikatnego jak filigran brzęczenia głosu starszego pana, który najpierw go łajał, a potem, późno w nocy, pocieszał, gdy Montag wyszedł z parującego metra na świat remiz strażackich.

– Litości, Montag. Miej litość. Nie dręcz ich. Nie zrzędź. Tak niedawno byłeś przecież jednym z nich. Wydaje im się, że ich świat będzie trwał w nieskończoność. Nie, nie będzie. Nie wiedzą, że wszystko to jest jednym wielkim płonącym meteorytem, który rysuje śliczną ognistą krechę na firmamencie, ale pewnego dnia będzie musiał spaść. Widzą tylko płomienie, piękny ogień. Ty byłeś taki sam. Starzy ludzie, którzy wolą siedzieć w domu, boją się o siebie i swoje kruche jak skorupa orzeszka kości, nie mają prawa krytykować, Montag, mimo to... Przecież niewiele brakowało, żebyś je pozabijał! Musisz bardziej uważać. Pamiętaj, że jestem przy tobie. Rozumiem, jak do tego doszło, rozumiem i przyznaję, że twoja ślepa furia podziałała na mnie orzeźwiająco. Boże, jakże młodo się wtedy poczułem! Ale teraz chcę, żebyś ty poczuł się staro; chcę, żeby przesączyła się w ciebie odrobina mojego tchórzostwa. Chodzi o kilka najbliższych godzin, kiedy spotkasz się z kapitanem Beattym, będziesz chodził wokół niego na paluszkach, dasz mi go posłuchać i pozwolisz mi wysondować sytuację. Chodzi o nasze przetrwanie. Zapomnij o tych biednych, głupich kobietach...

– Myślę sobie, że od lat nie były tak nieszczęśliwe, jak teraz z mojego powodu – powiedział Montag. – Wstrząsnął mną widok płaczącej pani Phelps. I może one mają rację, może lepiej jest nie stawiać czoła faktom, tylko od nich uciekać i dobrze się bawić. Sam nie wiem. Mam wyrzuty sumienia...

– Niepotrzebnie! Gdyby nie było wojny, gdyby na świecie panował pokój, powiedziałbym: nie ma sprawy, bawcie się. Ale nie wolno ci, Montag, tak po prostu wrócić do bycia strażakiem. Bo ze światem nie wszystko jest w porządku.

Montag się pocił.

– Słuchasz mnie, Montag?

– Moje stopy. Nie mogę nimi poruszyć. Czuję się tak cholernie głupio... Moje stopy nie chcą się ruszać!

– Posłuchaj – przemówił łagodnie staruszek. – Zachowaj spokój. Wiem. Rozumiem. Boisz się popełnić błąd. Więc się nie bój. Na błędach też można się uczyć. Rety, kiedy byłem młody, wprost obnosiłem się ze swoją niewiedzą; podtykałem ją ludziom pod nos, a oni okładali mnie kijami. Zanim dożyłem czterdziestu lat, wyostrzyłem swoje tępe dotychczas narzędzie i spiłowałem je w ostry szpic. Jeżeli będziesz ukrywał swoją ignorancję, nikt cię nigdy nie uderzy i niczego się nie nauczysz. No, a teraz zbieraj się i marsz do remizy! Staliśmy się braćmi bliźniakami, żaden z nas nie jest już sam; nie siedzimy każdy w swoim salonie, odcięci od siebie. Jeżeli będziesz potrzebował pomocy, gdy Beatty zacznie cię naciskać, będę tuż obok, w twoim uchu. I będę notował.

Montag poczuł, jak najpierw jego prawa, a potem także lewa stopa zaczyna się poruszać.

– Bądź przy mnie, staruszku – powiedział.

Mechaniczny Ogar zniknął. Buda była pusta, w remizie panowała gipsowa cisza, pomarańczowa salamandra spała spokojnie z brzuchem pełnym nafty i skrzyżowanymi na bokach miotaczami ognia. Montag zagłębił się w tę ciszę, dotknął mosiężnego słupa i wjechał na piętro tonące w ciemnym powietrzu; obejrzał się przez ramię na pustą budę, serce zabiło mu mocniej, stanęło, znów zabiło. Faber chwilowo był szarą ćmą śpiącą w jego uchu.

Beatty stał przy krawędzi otworu i czekał, ale był odwrócony plecami, jakby wcale nie czekał.

– Oto przybywa niezwykły stwór – zwrócił się do mężczyzn grających w karty – we wszystkich językach zwany głupcem.

Wyciągnął rękę w bok, z dłonią skierowaną ku górze, jakby czekał na prezent. Montag położył mu na dłoni książkę. Beatty nawet na nią nie spojrzał: wrzucił ją do kosza na śmieci i zapalił papierosa.

– „Nad tych, co niby-mądrzy, większych głupców nie ma"*. Witaj z powrotem, Montag. Mam nadzieję, że zostaniesz z nami na dłużej, skoro już otrząsnąłeś się z gorączki i ozdrowiałeś. Masz ochotę na małego pokerka?

Usiedli, ktoś rozdał. W obecności Beatty'ego Montag wyraźnie czuł ciążącą na jego dłoniach winę. Jego palce były jak fretki, które coś przeskrobały i teraz nie mogą usiedzieć spokojnie; musiały być w ciągłym ruchu, dłubać, skubać, chować się po kieszeniach, stale krążyć pod palącym jak alkoholowy płomień spojrzeniem kapitana. Montag czuł, że gdyby Beatty choćby chuchnął mu na dłonie, te natychmiast by uschły, obróciły się na bok i nigdy już nie dały się ożywić; poszłyby w zapomnienie i aż do jego śmierci tkwiły pogrzebane w rękawach wierzchniego okrycia. Były to bowiem dłonie, które ośmieliły się działać z własnej woli. Nie stanowiły części jego ciała. To w nich po raz pierwszy objawiło się sumienie; to one pochwyciły książki i uciekły z Rut, Hiobem i Willie'em Shakespeare'em, teraz zaś, w remizie, zdawały się pokryte krwią.

W ciągu pół godziny dwa razy wstawał od stołu i szedł do łazienki, żeby umyć ręce, a kiedy wracał, i tak chował je pod blatem.

Beatty się roześmiał.

– Pokaż karty, Montag. Sam rozumiesz, ufamy ci wprawdzie, ale...

Wszyscy wybuchnęli śmiechem.

– No – podjął Beatty – kryzys minął, wszystko jest po staremu. Owieczka wróciła do stada. Wszyscy jesteśmy owcami, wszystkim nam zdarza się błądzić. Prawda jest prawdą do końca czasów**, obwieszczaliśmy. Nigdy nie jest samotnym ten, komu towarzyszą szlachetne myśli, pokrzykiwaliśmy sami do siebie. „Słodki owoc słodko wyrażonej wiedzy", napisał sir Philip Sidney. Ale z drugiej strony „Słowa są na kształt liści, gdzie zbyt przyćmią drzewa, tam rzadko kiedy owoc zupełnie dojrzewa"***. Co o tym sądzisz?

– Nie wiem.

– Ostrożnie – szepnął Faber żyjący w innym, odległym świecie.

---

* John Donne, *Potrójny głupiec*, przeł. S. Barańczak (przyp. tłum.).

** William Shakespeare, *Miarka za miarkę*, przeł. L. Ulrich (przyp. tłum.).

*** Alexander Pope, *Wiersz o krytyce*, przeł. L. Kamiński (przyp. tłum.).

– A o tym? „Mędrek niedokończony śmieszne jest stworzenie. Pij obficie lub nie mąć wody w Hipokrenie. Gdy jej z wierzchu skosztujesz, w głowie ci zakręci, wytrzeźwiejesz, nie tracąc w popijaniu chęci"*. Pope, ten sam wiersz. W jakim świetle cię to stawia?

Montag przygryzł wargę.

– Powiem ci. – Beatty uśmiechnął się do swoich kart. – Przez chwilę byłeś jak nałogowy pijak. Przeczytałeś parę linijek i spadłeś w przepaść. Bam! Byłeś gotowy wysadzić świat w powietrze, ścinać głowy, zabijać kobiety i dzieci, niszczyć autorytety. Wiem, jak jest, też przez to przechodziłem.

– Nic mi nie jest – zapewnił nerwowo Montag.

– Przestań się rumienić. Wcale nie próbuję ci dokuczyć, naprawdę. Godzinę temu miałem sen. Zdrzemnąłem się chwilkę i śniło mi się, że wdaliśmy się w zajadłą dyskusję o książkach, Montag, ty i ja. Rozsadzał cię gniew, zarzucałeś mnie cytatami, a ja parowałem każde twoje pchnięcie. Władza, powiedziałem. Zacytowałeś doktora Johnsona: „Wiedza to coś więcej niźli siła!". Na co ja, mój chłopcze: doktor Johnson powiedział też: „Nie jest mądrym człekiem ten, co pewność na niepewność zamienia". Trzymaj ze strażakiem, Montag! Wszystko inne tonie w przerażającym chaosie!

– Nie słuchaj – szepnął Faber. – Próbuje ci mieszać w głowie. Jest śliski. Miej się na baczności!

Beatty zachichotał.

– Ty mi wtedy odpowiedziałeś cytatem: „Prawda prędzej czy później ujrzy światło dnia, zabójstwo długo się nie ukryje"**. Ja zaś rozbawiony odparłem: „Na Boga, a ten mówi wyłącznie o swoim wierzchowcu" oraz „Diabeł umie, gdy mu to potrzebne, cytować Pismo"***. Ty zawołałeś wtedy: „W tych czasach wyżej ceni się durnia w złotogłowiu, niźli świętego mędrca w łachmanach!". Odszepnąłem wówczas: „Godność prawdy przepada wśród cichych protestów". Wydarłeś się więc: „Trupy krwawią na widok mordercy!". Poklepałem cię po dłoni i odrzekłem: „Cóż to, przyprawiam cię o gorączkę okopową?". „Wiedza to władza!", zakrzyknąłeś. „Karzeł

---

* Alexander Pope, *Wiersz o krytyce*, przeł. L. Kamiński (przyp. tłum.).

** William Shakespeare, *Kupiec wenecki*, przeł. S. Barańczak (przyp. tłum.).

*** Ibidem.

na ramionach olbrzyma sięga wzrokiem dalej niźli każdy z nich z osobna!". Z niezwykłym spokojem podsumowałem swoje stanowisko, powołując się na pana Valery'ego: „Nierozważna skłonność do traktowania metafor jak dowodów, wzburzonego potoku słów jak źródła życiowych prawd, a siebie samego jak wyroczni jest u każdego z nas skłonnością wrodzoną".

Zawroty głowy przyprawiały Montaga o mdłości. Czuł się bezlitośnie obijany po czole, oczach, nosie, wargach, podbródku, barkach i młócących powietrze ramionach. Chciał krzyknąć:

– Nie! Wszystko pomieszałeś! Zamknij się! Przestań!

Zwinne palce Beatty'ego zacisnęły się na przegubie jego dłoni.

– Na Boga, co za puls! Źle cię oceniłem, Montag, prawda? Jezu, serce ci łomocze jak w dzień po zakończeniu wojny. Brakuje tylko syren i dzwonów! Mam mówić dalej? Podoba mi się zgroza malująca się na twojej twarzy. Swahili, hinduski, angielski... Znam je wszystkie. Wspaniała niema rozmowa, Willie!

– Trzymaj się, Montag! – Ćma musnęła jego ucho. – Próbuje zaciemnić obraz!

– Przeraziłeś się śmiertelnie – ciągnął Beatty – ponieważ ja zrobiłem coś strasznego: wykorzystywałem te same książki, których tak kurczowo się czepiasz, do zbicia wszystkich twoich argumentów. Bo książki potrafią być zdradzieckie! Wydaje ci się, że są po twojej stronie, gdy wtem zmieniają front. Inni też mogą ich użyć, a wtedy ty lądujesz zagubiony pośrodku mokradeł, zatopiony w gąszczu rzeczowników, czasowników i przymiotników. Na sam koniec snu przyjechałem po ciebie salamandrą i zapytałem: „Pójdziesz ze mną?". Wsiadłeś, w cudownym milczeniu wróciliśmy do remizy, wszystko poszło w zapomnienie i zapanował spokój. – Puścił dłoń Montaga, która opadła bezwładnie na blat. – Wszystko dobre, co ostatecznie dobrze się kończy.

Cisza. Montag siedział nieruchomo jak wykuty z białego kamienia. Echo ostatniego ciosu młotem w czaszkę z wolna cichło w czarnej jaskini, w której Faber przeczekiwał wszystkie echa. Kiedy wreszcie wzniecony w umyśle Montaga kurz zaczął opadać, staruszek przemówił cichym głosem:

– Dobra, wygadał się. Musisz zapamiętać jego słowa. Ja też będę miał coś do powiedzenia w najbliższych godzinach. Moje słowa też przetrawisz, spróbujesz je zanalizować i sam podejmiesz decyzję, w którą stronę skoczyć albo spaść. Ale to musi być twoja decyzja. Nie moja, nie kapitana. Twoja. Nie zapominaj tylko, że kapitan stanowi cząstkę najbardziej niebezpiecznego wroga prawdy i wolności: litego, niewzruszonego bydła większości. Ach, mój Boże, okrutna tyrania większości. Każdy ma swoją harfę, na której gra. Teraz tylko od ciebie zależy, którym uchem postanowisz słuchać.

Montag otworzył usta, żeby mu odpowiedzieć, ale od tej niechybnej omyłki wybawił go dźwięk dzwonka i niosące się pod sufitem wezwanie do pożaru. W głębi pomieszczenia telefon alarmowy zaklekotał i wypluł adres zgłoszenia. Kapitan Beatty, ściskając karty w różowej dłoni, teatralnie powolnym krokiem podszedł do aparatu i oderwał wydruk z adresem. Zerknął na niego przelotnie i wepchnął go do kieszeni, po czym wrócił do stolika i usiadł. Pozostali strażacy spojrzeli na niego pytająco.

– To może poczekać – wyjaśnił z uśmiechem Beatty. – Dokładnie za czterdzieści sekund oskubię was z całej forsy.

Montag położył karty na stole.

– Zmęczony, Montag? Chcesz spasować?

– Tak.

– Poczekaj chwilę. Chociaż nie, wiecie co... Później dokończymy. Odłóżcie karty koszulkami do góry i weźcie sprzęt. Biegiem! – Kapitan wstał. – Źle wyglądasz, Montag. Nie chciałbym, żeby znów dopadła cię jakaś gorączka...

– Nic mi nie będzie.

– Chodź, dasz radę. To wyjątkowa sytuacja. No już, zeskakuj!

Skoczyli w powietrze i chwycili się mosiężnego słupa niczym ostatniego punktu obserwacyjnego sterczącego z przewalającej się w dole fali przypływu – a ten, ku ich przerażeniu, pociągnął ich w dół, w ciemność, na spotkanie gazowego smoka, który zionąc, kaszląc i rycząc, budził się ze snu.

– Hej!

W ogłuszającym hurgocie skręcili na skrzyżowaniu z jazgotem syreny, wstrząsem opon, skowytem gumy, z naftą przelewającą się w lśniącym mosiężnym zbiorniku jak jedzenie w żołądku olbrzyma. Palce Montaga odbiły się od srebrnej barierki i zafurkotały w lodowatej pustce, wiatr wyrywał mu włosy z głowy i świszczał w zębach, a on przez cały czas myślał o kobietach, o trzech kobietach w salonie, błahych i nieważkich jak plewy oddzielone od ziaren przez neonowy wiatr, i o swoim cholernie głupim pomyśle odczytania im wiersza, równie pomylonym i bezrozumnym jak próba ugaszenia pożaru pistoletem na wodę. Oddał jedną furię, dostał w zamian inną. Jeden gniew zastąpiony drugim. Kiedy wreszcie skończy się ten obłęd i nastanie spokój, prawdziwy spokój i cisza?

– Jazda!

Montag podniósł wzrok. Beatty, który nigdy nie prowadził, tym razem usiadł za kółkiem i z impetem wprowadzał salamandrę w kolejne zakręty, pochylony do przodu na wysokim tronie kierowcy. Łopoczący na wietrze obszerny czarny płaszcz upodabniał go do olbrzymiego czarnego nietoperza szybującego ponad maszyną i jej mosiężnymi cyframi.

– Jazda! Aby świat był szczęśliwy, Montag!

Fosforyzujące różowo policzki Beatty'ego lśniły wysoko w półmroku. Szczerzył zęby w uśmiechu szaleńca.

– Jesteśmy na miejscu!

Salamandra zatrzymała się gwałtownie, otrząsnęła się z ludzi, zmusiła ich do nieporadnych zeskoków i poślizgów. Montag stał nieruchomo, utkwiwszy obolałe oczy w zimną, jasną stal barierki w zaciśniętych kurczowo palcach.

Nie dam rady, pomyślał. Jak miałbym wykonać kolejne zadanie? Jak mógłbym dalej palić? Nie wejdę tam.

Beatty stanął tuż obok. Pachniał wiatrem, który przed chwilą rozwiewał mu włosy.

– Wszystko w porządku, Montag?

Strażacy krzątali się nieporadnie jak kaleki w swoich topornych buciorach. Poruszali się cicho jak pająki.

W końcu Montag podniósł głowę i się odwrócił. Beatty nie odrywał od niego wzroku.

– Coś nie tak, Montag?

– No proszę... – mruknął Montag, cedząc słowa. – Zajechaliśmy przed mój dom.

część trzecia

BLASK PEŁEN MOCY

W domach przy ulicy zapalały się światła, drzwi się otwierały, wszyscy śledzili przygotowania do widowiska. Beatty i Montag tylko patrzyli – jeden z oschłą satysfakcją, drugi z niedowierzaniem – na stojący przed nimi dom, na tę arenę, na której wkrótce będzie się żonglować pochodniami i połykać ogień.

– Dopiąłeś swego – odezwał się Beatty. – Stary Montag chciał podlecieć do słońca, spalił sobie te przeklęte skrzydła, a teraz nie może pojąć, co się stało. Czy kiedy podesłałem ci Ogara pod dom, sugestia była nie dość wyraźna?

Twarz Montaga była zupełnie odrętwiała i pozbawiona wyrazu. Poczuł, jak jego głowa niczym kamienna rzeźba zwraca się w stronę ciemnego domu po sąsiedzku, obwiedzionego kolorowymi rabatami kwiatów.

– No nie! – Beatty prychnął. – Nie powiesz mi chyba, że dałeś się zwieść paplaninie tej idiotki? Kwiatuszki, motylki, listki, zachody słońca... Niech to szlag! Wszystko jest w jej aktach. A niech mnie... To był strzał w dziesiątkę. Ależ masz zdegustowaną minę. Źdźbła trawy, księżyc na niebie... Co za bzdury. Przydało jej się to kiedy na co?

Montag usiadł na zimnym zderzaku smoka i kręcił głową na boki: pół cala w lewo, pół cala w prawo, w lewo, w prawo, w lewo, w prawo, w lewo...

– Wszystko widziała – odparł. – Nikomu nie zrobiła nic złego. Po prostu zostawiła ich w spokoju.

– Zostawiła w spokoju?! Dobre sobie! Urobiła cię, widzę. Jedna z tych przeklętych uszczęśliwiaczek wszystkich dookoła, wiecznie wstrząśnięta, świętoszkowato milcząca... A jej jedyny talent to wzbudzanie u innych wyrzutów sumienia. Na Boga, tacy potrafią wstać jak słońce o północy, żebyś się spocił przez sen!

Drzwi wejściowe się otworzyły i Mildred zbiegła po schodkach. W jednej ręce, zaciśniętej kurczowo jak w upiornym śnie, ściskała walizkę. Chrabąszczowata taksówka wyhamowała z sykiem przy krawężniku.

– Mildred!

Przebiegła obok niego sztywno, z umączoną pudrem twarzą, z której zupełnie zniknęły nieuszminkowane wargi.

– Mildred, niemożliwe, żebyś to ty wezwała straż!

Wrzuciła walizkę do chrabąszcza, sama też wsiadła.

– Biedna rodzina – mamrotała pod nosem. – Biedna rodzina. Wszystko stracili, wszystko, wszystko stracili...

Beatty złapał Montaga za ramię, gdy taksówka ruszyła z miejsca, błyskawicznie przyśpieszyła do siedemdziesięciu mil na godzinę i zniknęła w głębi ulicy.

Rozległ się trzask, jakby walił się w gruzy sen poskładany z wypaczonych tafli szkła, krzywych zwierciadeł i kryształowych pryzmatów. Montag okręcił się bezwolnie w miejscu jak porwany kolejną niepojętą burzą i zobaczył Stonemana i Blacka, którzy toporkami rozbijali okna, żeby zapewnić dopływ powietrza do wnętrza budynku.

Muśnięcie ćmy trupiej główki o zimny czarny ekran.

– Montag, tu Faber. Słyszysz mnie? Co się dzieje?

– To się przydarzyło mnie – powiedział Montag.

– Okropna niespodzianka – przyznał Beatty. – Bo przecież dzisiaj każdy wie, każdy jest święcie przekonany, że jemu nic nigdy się nie przydarzy. Inni umierają, ja żyję dalej. Nie ma żadnych konsekwencji i żadnych obowiązków. Tylko że one są. Ale nie rozmawiajmy o nich, hm? Kiedy konsekwencje dają znać o sobie, i tak jest już za późno, prawda, Montag?

– Możesz stamtąd uciec, Montag? – zapytał Faber.

Montag szedł przed siebie, chociaż nie czuł, jak jego stopy dotykają najpierw cementu, a potem nocnych traw. Gdzieś niedaleko Beatty pstryknął zapalnikiem. Pomarańczowy płomyczek przyciągnął jego zafascynowane spojrzenie.

– Co takiego pięknego ma w sobie ogień? Bez względu na to, ile mamy lat, nieodmiennie nas wabi. – Beatty zdmuchnął płomyk i zapalił go ponownie. – To perpetuum mobile, wieczny ruch, wymarzony, lecz nigdy niezrealizowany wynalazek człowieka. No, prawie wieczny, powiedzmy. Gdyby puścić go samopas, spaliłby nasze życie. Czym jest ogień? Tajemnicą. Naukowcy bajdurzą coś o tarciu i molekułach, ale oni też nie wiedzą. Prawdziwe jego piękno polega na tym, że unicestwia obowiązki i konsekwencje. Jakieś brzemię za bardzo daje się we znaki? Do pieca z nim! Ty, Montag, też jesteś takim brzemieniem. Ogień zdejmie cię z moich barków czysto, szybko i pewnie. Nie zostanie nic, co by się mogło potem psuć. Schludnie, estetycznie, praktycznie.

Montag zajrzał do wnętrza domu, które nagle wydało mu się dziwaczne i obce, oglądane nocną porą, przy wtórze mamrotania sąsiadów, wśród potłuczonego szkła, a na podłodze, z okładkami zerwanymi i rozrzuconymi jak łabędzie pióra – wszystkie te niesamowite książki, teraz sprawiające wrażenie głupich i niewartych zachodu, bo to przecież tylko czarny druk, pożółkły papier i strzępiące się oprawy.

Mildred, jakżeby inaczej. Musiała widzieć, jak chował książki w ogrodzie, i później przyniosła je z powrotem. Mildred. Mildred.

– Chcę, żebyś sam załatwił tę sprawę, Montag. Bez nafty, bez zapałek, ale rzetelnie, po kawałku, miotaczem ognia. To twój dom, więc i sprzątanie należy do ciebie.

– Montag, uciekajże stamtąd! Uciekaj!

– Nie! – krzyknął bezradny Montag. – Ogar! Nie mogę przez Ogara!

Faber go usłyszał. Beatty – który pomyślał, że słowa skierowane są do niego – również.

– Owszem, Ogar kręci się gdzieś w pobliżu. Dlatego lepiej nie próbuj żadnych sztuczek. Gotowy?

– Gotowy. – Montag odbezpieczył miotacz.

– Ognia!

Ogromny jęzor płomienia doskoczył do książek i cisnął nimi o ścianę. Montag wszedł do sypialni, strzelił dwa razy i dwa łóżka buchnęły ognistym szeptem, z większą pasją, zapałem i ogniem, niżby się po nich spodziewał. Spalił ściany i szkatułkę z kosmetykami, ponieważ chciał wszystko zmienić, spalił krzesła i stoły, a także metalowe sztućce i plastikowe talerze z jadalni, wszystko, co by mu przypominało, że mieszkał w tym pustym domu z obcą kobietą, która odeszła i już na śmierć o nim zapomniała, zasłuchana w swoje radio w muszelce, które zalewało ją i zalewało falami dźwięków, gdy samotnie jechała przez miasto. Tak jak dawniej, przyjemnie było palić. Czuł się tak, jakby sam znajdował się w strumieniu ognia; jakby wraz z nim chwytał, szarpał, rozdzierał na dwoje i spychał nieprzytomny problem na bok. Jeżeli wcześniej nie było rozwiązania, to teraz nie było także problemu. Ogień był na wszystko najlepszy!

– Książki, Montag!

Książki podskakiwały i tańczyły jak przypiekane ptaki o skrzydłach płonących czerwienią i żółcią piór.

Przeszedł do salonu, gdzie wielkie, głupie potwory w tej chwili spały, snując białe myśli i śniąc śnieżne sny. Strzelił po razie w każdą z trzech pustych ścian. Odpowiedział mu syk próżni. Pustka wydała gwizd pobrzmiewający jeszcze większą pustką, bezrozumny wrzask. Usiłował wyobrazić sobie próżnię, na której nicość występowała jak na scenie, ale bez powodzenia. Wstrzymał oddech, żeby próżnia nie wdarła mu się do płuc. Odgrodził się od tej przerażającej pustki, cofnął się i podarował salonowi prezent w postaci ogromnego jasnożółtego ognistego kwiatu. Okrywająca wszystko ognioodporna folia rozpękła się. Cały dom począł huczeć płomieniami.

– Kiedy skończysz – zapowiedział zza jego pleców Beatty – zostaniesz aresztowany.

Dom rozpadał się w powodzi czerwonych węgli i czarnego popiołu. Układał się do snu w rozleniwiających różowo-szarych zgliszczach, pod pióropuszem dymu, który kołysząc się nieśpiesznie na boki, wzbijał się pod niebo. Była trzecia trzydzieści rano. Gapie pochowali się po domach. Impreza się skończyła, wielkie cyrkowe namioty oklapły w sterty osmolonego gruzu.

Montag znieruchomiał z miotaczem ognia w bezwładnych rękach, wielkimi wyspami potu rozlewającymi się spod pach i twarzą czarną od sadzy. Pozostali czekali za jego plecami, w ciemności; słaba poświata zgliszczy padała im na twarze.

Dwukrotnie próbował coś powiedzieć, ale dopiero za trzecim razem udało mu się zebrać myśli.

– Czy to moja żona zgłosiła alarm?

Beatty pokiwał głową.

– Ale było też inne, wcześniejsze zgłoszenie, które puściłem mimo uszu. Od jej przyjaciółek. Tak czy inaczej, byłeś skończony, Montag. To nie było mądre tak cytować poezję na prawo i lewo. Tak się zachowują głupie snoby; daj takiemu parę rymowanych wersów, a uzna się za władcę wszelkiego stworzenia. Wydaje ci się, że dzięki książkom będziesz mógł chodzić po wodzie? Cóż, świat doskonale się bez nich obejdzie, a spójrz tylko, gdzie przez nie wylądowałeś: po brodę w bagnie. Wystarczy, że zamącę wodę małym paluszkiem, a utoniesz.

Montag nie był w stanie się poruszyć. Wraz z pożarem przyszło wielkie trzęsienie ziemi, które zrównało dom z ziemią, i Mildred spoczęła pod gruzami wraz z całym jego życiem, a on nie potrafił ruszyć ręką ani nogą. Trzęsienie ziemi wciąż trwało w jego wnętrzu, wszystko tam drżało, dygotało i rozpadało się na kawałki, a on po prostu stał z kolanami przygiętymi pod ogromnym brzemieniem zmęczenia, niedowierzania i oburzenia i patrzył, jak Beatty okłada go bez podnoszenia ręki.

– Montag, ty idioto. Ty przeklęty głupcze. Dlaczego naprawdę to zrobiłeś?

Montag nie słyszał, był daleko, w głowie pędził na złamanie karku, uciekał, porzuciwszy to okryte sadzą ciało na pastwę innego majaczącego głupca.

– Montag, uciekaj stamtąd! – powiedział Faber.

Montag posłuchał.

Beatty wymierzył mu cios w głowę, od którego aż się zatoczył. Zielony pocisk szepczący i pokrzykujący głosem Fabera wypadł na chodnik. Beatty podniósł go z uśmiechem i przybliżył do ucha.

Montag usłyszał odległy głosik:

– Nic ci nie jest, Montag?

Beatty wyłączył zielony pocisk i schował go do kieszeni.

– Proszę, proszę... Sprawa jest bardziej złożona, niż myślałem. Widziałem, jak przekrzywiasz głowę, nasłuchując. W pierwszej chwili pomyślałem, że po prostu masz w uchu muszelkę, ale potem, kiedy zrobiłeś się taki sprytny, zacząłem się zastanawiać. Wytropimy twojego przyjaciela i złożymy mu wizytę.

– Nie! – krzyknął Montag.

Odbezpieczył miotacz. Beatty zerknął na jego palce i odrobinę szerzej otworzył oczy. Widząc malujące się w nich zaskoczenie,

Montag sam spuścił wzrok, ciekaw, co też znowu przeskrobały jego dłonie. Wracając do tej chwili później, we wspomnieniach, nigdy nie umiał powiedzieć, czy to one same, czy też reakcja Beatty'ego na ich poruszenie ostatecznie popchnęła go do morderstwa. Ostatni grzmot zadudnił mu w uszach i kamienna lawina przewaliła się, nawet go nie musnąwszy.

Beatty posłał mu swój najbardziej czarujący uśmiech.

– No, to też jest jakiś sposób, żeby zagwarantować sobie udział publiki: wziąć człowieka na muszkę i kazać mu wysłuchać twojej przemowy. Mów więc. Co to będzie tym razem? Obrzygasz mnie Shakespeare'em, nieudolny snobie? „Dla mnie twe groźby nie mają postrachu, bo tak w uczciwość jestem uzbrojony, że nie zwracają mej baczności więcej jak wiatru świsty"*. Co ty na to? No dalej, ty literacie z bożej łaski, pociągnij za spust.

Zrobił krok w stronę Montaga.

– Nigdy nie paliliśmy, jak należy...

– Oddaj mi go, Guy – powiedział Beatty z wysilonym uśmiechem.

I nagle stał się wrzeszczącą pożogą, podrygującym, wymachującym rękami, bełkoczącym manekinem. Nie był już człowiekiem, nie był w ogóle niczym znajomym; w długim impulsie płynnego ognia przemienił się w wijący się płomień na trawniku. Rozległ się syk, jakby wielka ilość plwociny spadła na rozżarzoną do czerwoności płytę pieca; pieniste bulgotanie, jakby ktoś obficie sypnął solą na monstrualnego czarnego ślimaka, a ten zaczął się roztapiać wzburzoną falą żółtej piany. Montag zamknął oczy i krzyczał, krzyczał, próbował podnieść ręce, zatkać sobie uszy i odgrodzić się od tego dźwięku. Beatty przeturlał się bezwładnie po trawie raz, drugi, aż w końcu zapadł się w sobie jak spalona woskowa lalka, ucichł i znieruchomiał.

Pozostali dwaj strażacy nawet nie drgnęli.

Montag opanował mdłości na czas wystarczający do wycelowania miotacza ognia.

– Odwróćcie się!

Odwrócili się. Ich twarze miały kolor zblanszowanego mięsa i ociekały potem. Okładał ich po głowach, zrzucił im kaski, powalił ich na ziemię. Upadli i przestali się ruszać.

Szelest niesionego wiatrem jesiennego liścia.

---

* William Shakespeare, *Juliusz Cezar*, przeł. L. Ulrich (przyp. tłum.).

Odwrócił się i zobaczył Mechanicznego Ogara.

Wynurzył się z cienia i zdążył już przemierzyć połowę trawnika; poruszał się z ulotną swobodą zbitej chmury czarno-szarego dymu, w milczeniu pędzącej Montagowi na spotkanie.

Wyskoczył w powietrze i zaczął spadać na Montaga z wysokości dobrych trzech stóp ponad jego głową, z rozcapierzonymi pajęczymi odnóżami i prokainową igłą sterczącą groźnie jak ząb jadowy. Montag przywitał go wykwitem ognia, cudowny kwiat objął metalowego psa płatkami w odcieniach żółci, błękitu i pomarańczu, gdy ten, otulony płomienną powłoką, zderzył się z Montagiem, odrzucił go dziesięć stóp w tył i grzmotnął nim o pień drzewa. Montag, który nie wypuścił miotacza z rąk, poczuł, jak Ogar drapie pazurami, chwyta go za nogę i wbija w nią igłę tuż przed tym, jak jęzor ognia wyrzucił go w powietrze, rozsadził metalowe stawy i wypruł wnętrzności w wielkim rozbłysku czerwieni jak eksplodująca na ziemi raca. Leżał i patrzył, jak żywo-martwa bestia przebiera jeszcze chwilę łapami i umiera na dobre – chociaż przez cały czas wyglądała tak, jakby chciała się jeszcze raz zerwać i dokończyć przerwany zastrzyk, którego pierwsza porcja rozlewała się po nodze Montaga. Zalała go ulga przemieszana ze zgrozą na myśl o tym, że odsunął się dosłownie w ostatniej chwili i skończyło się na poobijanym kolanie; bał się, że w ogóle nie zdoła wstać z jedną nogą porażoną znieczuleniem. Odrętwienie w odrętwieniu, przelewające się w pustkę kolejnego odrętwienia...

Co dalej?

Pusta ulica, dom wypalony jak wiekowa scenografia, w innych domach ciemno, Ogar tutaj, Beatty tam, pozostali dwaj strażacy jeszcze gdzie indziej, a salamandra... Zagapił się na ogromną maszynę. Jej też trzeba by się pozbyć.

No, pomyślał, przekonajmy się, jak bardzo jest źle. Wstawaj! Pomalutku, spokojnie... No i proszę, udało się.

Wstał, ale miał tylko jedną nogę. Druga była jak osmolony kloc drewna, który kazano mu dźwigać jako pokutę za jakiś niejasny grzech. Kiedy przeniósł na nią ciężar ciała, wiązka srebrnych igiełek trysnęła w górę łydki i eksplodowała w kolanie. Zapłakał.

Dalej! Ruszaj się! Tu nie możesz zostać!

W niektórych domach znów zapalały się światła, chociaż Montag nie miał pojęcia, czy jest to skutkiem niedawnych wypadków, czy raczej nienaturalnej ciszy, jaka po nich zapadła. Przekuśtykał wokół zgliszczy, podciągając rękami znieczuloną nogę, mówiąc do niej, skamląc, wydając jej polecenia, przeklinając ją i błagając o współpracę właśnie teraz, kiedy była mu najbardziej potrzebna. Słyszał ludzi pokrzykujących i nawołujących się w ciemności. Dotarł na podwórko za domem i znalazł się w zaułku na tyłach.

Beatty, pomyślał, teraz już nie stanowisz problemu. Zawsze powtarzałeś: zamiast stawiać czoło problemowi, spal go. Zrobiłem jedno i drugie. Żegnaj, kapitanie.

Potykając się, zagłębił się w mrok zaułka.

***

Noga eksplodowała mu jak nabita strzelba za każdym razem, gdy na niej stawał. Jesteś głupcem, myślał, przeklętym głupcem, idiotą, skończonym idiotą, cholernym idiotą i do tego głupcem, przeklętym głupcem. Narobiłeś bałaganu, gdzie jest mop? Narobiłeś bałaganu – i co robisz? Duma, do diabła, duma i charakter, a ty co? Odrzuciłeś jedno i drugie i od razu obrzygałeś wszystkich wokół i siebie samego na dokładkę. Wszystko na raz, jedno na drugim. Beatty. Kobiety, Mildred, Clarisse, wszystko. Ale nie masz usprawiedliwienia, nie masz żadnego usprawiedliwienia. Jesteś głupcem, przeklętym głupcem. Oddaj się w ręce władz!

Nie, nie. Ocalimy, co się da, zrobimy to, co pozostało do zrobienia. Jeżeli mamy spłonąć, zabierzmy ze sobą jeszcze kilku. Tak jest!

Przypomniał sobie o książkach i zawrócił. Na wszelki wypadek.

Znalazł kilka książek tam, gdzie je ukrył, przy ogrodzeniu. Mildred, niech ją Bóg błogosławi, musiała je przegapić. Cztery tomiki leżały dokładnie tam, gdzie je położył. W mrokach nocy zawodziły głosy, miotały się snopy latarek, z daleka dobiegał ryk silników innych salamander, wozy policyjne mknęły przez miasto na sygnale.

Montag zabrał cztery ocalałe książki i na przemian to podskakując na sprawnej nodze, to powłócząc tą drugą, nieczułą, pokuśtykał w głąb zaułka. Nagle padł jak ścięty, jakby ktoś oberżnął mu głowę i zostawił tylko leżące ciało. Coś nim szarpnęło, powstrzymało go i powaliło na ziemię. Leżał z podkulonymi nogami i szlochał z twarzą ślepo wtuloną w żwir.

Beatty chciał umrzeć.

Zapłakany Montag zdał sobie nagle sprawę, że tak właśnie wygląda prawda. Beatty chciał umrzeć. Stał przed nim i wcale nie próbował się bronić, po prostu stał, żartował i się wyzłośliwiał. Ta refleksja wystarczyła, żeby Montag zdołał stłumić szloch i spokojnie odetchnąć. Jakie to dziwne, przedziwne, tak bardzo pragnąć śmierci, że pozwalasz drugiemu człowiekowi obnosić się z bronią, a potem zamiast trzymać język za zębami i przeżyć, wrzeszczysz na niego, drwisz i doprowadzasz go do szału, aż...

W oddali: tupot biegnących stóp.

Usiadł. Wynoś się stąd. No dalej, wstawaj, wstawaj. Nie możesz tak siedzieć.

Nadal jednak płakał i najpierw musiał się z tym uporać. Musiał z tym skończyć. Nie chciał nikogo zabić, nawet Beatty'ego. Własne ciało kurczyło się i zaciskało wokół niego jak zanurzone w kwasie. Żołądek podchodził mu do gardła. Znów zobaczył Beatty'ego, ludzką pochodnię, nieruchomą, dogasającą w trawie. Przygryzł knykcie. Przepraszam, przepraszam, o Boże, jak mi przykro...

Próbował poskładać wszystko w całość, wrócić do zwykłego, uregulowanego życia sprzed kilku dni, sprzed sita i piasku, środka do czyszczenia zębów Denham, głosów ciem, świetlików, alarmów i wyjazdów. Za dużo tego było jak na kilka krótkich dni. Za dużo byłoby na całe życie.

Stopy zatupały u wylotu zaułka.

– Rusz się! – ponaglił swoją nogę. – Rusz się, do diabła!

Wstał. Rzepkę miał nabitą bólem jak gwoździami, potem jak igłami do cerowania, a później jak zwykłymi agrafkami. Po kolejnych pięćdziesięciu podskokach i garści pełnej drzazg z drewnianego płotu kłucie w kolanie upodobniło się do opryskiwania nogi rozpylonym wrzątkiem. Przynajmniej odzyskał nogę. Wcześniej bał się, że biegnąc, złamie rozluźnioną kostkę, ale teraz wciągnął noc w szeroko rozwarte usta, wydmuchnął ją bielusieńką (cała jej czerń zaległa mu ciężko w głębi ciała) i ruszył przed siebie miarowym truchtem. W rękach trzymał książki.

Pomyślał o Faberze.

Faber został za nim, w dymiącej grudzie smoły pozbawionej imienia i tożsamości. Fabera też spalił. Ta myśl tak nim wstrząsnęła, jakby Faber naprawdę zginął, upieczony jak karaluch zamknięty w zielonej kapsułce, zapomnianej i schowanej w kieszeni człowieka, z którego został szkielet obciągnięty asfaltowymi ścięgnami.

Pamiętaj, skarcił samego siebie: albo ty spalisz ich, albo oni ciebie. W tej chwili było to dokładnie takie proste.

Przeszukał kieszenie. Pieniądze były na swoim miejscu w jednej z nich, w drugiej znalazł muszelkę, przez którą miasto rozmawiało samo ze sobą w ten chłodny czarny poranek.

– Alarm policyjny. Poszukiwany zbiegły przestępca, winny morderstwa i zdrady stanu. Nazwisko: Guy Montag. Zawód: strażak. Ostatnio widziano go...

Przebiegł sześć przecznic bez zatrzymywania się, zanim zaułek doprowadził go do pustej o tej porze dziesięciopasmowej trasy przelotowej. Wyglądała jak rzeka bez łodzi, zmrożona ostrym światłem białych lamp łukowych; miał wrażenie, że może utonąć przy próbie jej pokonania – była zbyt szeroka, zbyt odsłonięta, rozległa scena bez scenografii, zapraszająca do przebiegnięcia na drugą stronę, jakże łatwo byłoby go zobaczyć w powodzi świateł, jakże łatwo złapać, jakże łatwo zastrzelić.

Muszelka brzęczała mu do ucha:

– ... uwaga na biegnących ludzi... samotny mężczyzna, porusza się pieszo... uwaga na biegnących ludzi... uwaga...

Schował się w cień. Przed sobą miał stację benzynową, bryłę lśniącego porcelanowego śniegu, na którą właśnie zajechały dwa chrabąszcze z zamiarem zatankowania. Musiał wyglądać czysto i schludnie, jeśli chciał iść, zamiast biec; jeśli zamierzał bez pośpiechu przemierzyć szeroką aleję. Gdyby mógł się umyć i przyczesać włosy, zyskałby większy margines bezpieczeństwa, zanim wyruszy w drogę... Dokąd?

No właśnie, pomyślał, dokąd ja właściwie biegnę?

Donikąd. Nie miał dokąd pójść, nie miał żadnego przyjaciela, do którego mógłby się zwrócić. Poza Faberem. I dopiero wtedy zdał sobie sprawę, że instynktownie skierował się w stronę domu staruszka. Tyle że Faber nie mógł go ukryć. To by było samobójstwo. Wiedział jednak, że tak czy inaczej spotka się z Faberem, choćby na pięć minut. Tylko u niego mógł odzyskać słabnącą wiarę w swoją zdolność przetrwania. Chciał mieć świadomość, że jest na świecie ktoś taki jak Faber; chciał go zobaczyć żywego, wiedzieć, że nie spłonął przy domu jako ciało zamknięte w innym ciele. Poza tym musiał, rzecz jasna, zostawić mu trochę pieniędzy, żeby Faber mógł je wydawać, kiedy on już ucieknie. Może wymknie się poza miasto, zamieszka nad jakąś rzeką? Albo na rzece? Albo wśród pól i wzgórz w pobliżu jakiejś autostrady?

Zataczający kręgi głośny szept nad głową kazał mu spojrzeć w niebo.

Policyjne śmigłowce podrywały się do lotu w takiej odległości, że wyglądało to, jakby ktoś otrząsnął szary dmuchawiec. Dwa tuziny maszyn wyroiły się, niepewne i niezdecydowane, trzy mile od niego, niczym zaskoczone jesienią motyle. Nurkowały i przysiadały po kolei to tu, to tam, delikatnie ugniatając ulice, by następnie, przemienione w chrabąszcze, z rykiem silnika przemknąć po bulwarze lub, równie niespodzianie, wzbić się i kontynuować poszukiwania z powietrza.

***

Dotarł na stację benzynową. Sprzedawcy byli zajęci obsługiwaniem klientów, kiedy zakradł się od tyłu i przemknął do męskiej łazienki. Z drugiej strony aluminiowej ściany słyszał głos spikera w radiu:

– To wypowiedzenie wojny.

Na dworze ktoś pompował paliwo. Kierowcy lśniących chrabąszczy rozmawiali ze sprzedawcami o silnikach, benzynie i należności za nią, a Montag stał i czekał, aż zasłyszana z radia wiadomość nim wstrząśnie, ale nic takiego nie nastąpiło. Wojna będzie musiała poczekać, aż odkryje ją na spokojnie, za godzinę, może dwie, w swoich aktach osobowych.

Dyskretnie umył twarz i ręce i wytarł się do sucha. Wyszedł z łazienki, ostrożnie zamknął drzwi, wszedł w mrok i ponownie przystanął na skraju pustej alei.

Oto miał przed sobą szeroki tor w kręgielni, na którym w ten chłodny poranek musiał rozegrać zwycięską partię. Aleja była idealnie czysta, jak arena tuż przed pojawieniem się na niej pewnych nienazwanych ofiar i pewnych nienazwanych zabójców. Powietrze nad szeroką betonową rzeką drżało od samego ciepła jego ciała. To wprost niewiarygodne, jak jego temperatura wprawiała w wibracje cały świat wokół niego. Stanowił fosforyzujący cel, wiedział o tym. Czuł to. Czas na mały spacer.

W odległości trzech przecznic zamajaczyły reflektory. Montag wziął głęboki wdech. Płuca miał jak płonące w piersi szczotki, w ustach zaschło mu po biegu, w gardle czuł żelazisty posmak krwi, stopy ciążyły mu jak zardzewiała stal.

Co z tymi reflektorami? Kiedy już zacznie iść, będzie musiał oszacować, jak szybko taki świecący chrabąszcz do niego dotrze. A jak daleko ma do przeciwległego krawężnika? Ze sto jardów na oko. Może mniej, ale lepiej przyjąć, że sto; kiedy będzie szedł bez pośpiechu, spacerkiem, zajmie mu to trzydzieści, czterdzieści sekund. A chrabąszczowi? Kiedy ruszy z kopyta, na przejechanie trzech przecznic wystarczy mu jakieś piętnaście sekund. Czyli nawet gdyby Montag w połowie drogi zaczął biec...

Przestawił do przodu prawą stopę, potem lewą, znów prawą. Wszedł na pustą aleję.

Oczywiście nawet zupełnie pusta ulica nie gwarantowała bezpiecznego przejścia: samochód mógł się znienacka wynurzyć zza odległego o cztery przecznice wzniesienia i dopaść pieszego, zanim ten zdążyłby dziesięć razy odetchnąć.

Postanowił nie liczyć kroków. Nie patrzył w prawo ani w lewo. Światło latarń było jasne i obnażające jak blask słońca w południe, i tak samo gorące.

Wsłuchał się w ryk silnika pojazdu nabierającego prędkości dwie przecznice od niego. Ruchome reflektory skoczyły w przód, w tył i złowiły Montaga.

Nie zatrzymuj się.

Zawahał się, ale ścisnął mocniej książki i siłą woli nakazał sobie dalszy marsz. Instynktownie przebiegł kilka kroków, po czym – mówiąc głośno sam do siebie – znów zwolnił do spacerowego tempa. Pokonał już połowę szerokości ulicy. Silnik chrabąszcza wył na coraz wyższych obrotach, samochód cały czas przyśpieszał.

Policja, któżby inny. Widzą mnie. Ale powoli teraz, pomalutku, spokojnie, nie odwracaj się, nie patrz, nie denerwuj się, idź. Po prostu idź. Idź.

Chrabąszcz pędził. Chrabąszcz ryczał. Chrabąszcz przyśpieszał. Chrabąszcz skowyczał. Chrabąszcz grzmiał. Chrabąszcz gnał na złamanie karku. Chrabąszcz zbliżał się po równej, świszczącej trajektorii, wystrzelony z niewidzialnego karabinu. Sto dwadzieścia na godzinę. Co najmniej sto trzydzieści na godzinę. Montag zacisnął szczęki. Miał wrażenie, że żar zbliżających się reflektorów parzy go w policzki, wprawia powieki w drżenie, wyciska kwaśny pot z całego ciała.

Zaczął kretyńsko powłóczyć nogami, gadać do siebie, aż w końcu poddał się i puścił biegiem. Podnosił nogi, wyciągał je najdalej jak umiał, opuszczał i znów podnosił, wyciągał, opuszczał, podnosił, wyciągał, opuszczał. Boże! Boże! Upuścił książkę, zmylił krok, prawie się odwrócił, ale zmienił zdanie i przyśpieszył, wrzeszcząc w betonowej pustce, a chrabąszcz gonił uciekającą zdobycz, dwieście stóp, sto dwadzieścia, dziewięćdziesiąt, osiemdziesiąt, siedemdziesiąt, Montag zasapany, młócący ramionami, nogi podniesione, wyciągnięte, opuszczone, podniesione, wyciągnięte, opuszczone, bliżej, coraz bliżej, chrabąszcz trąbi, nawołuje, oczy wypalone do białości, gdy w końcu odwrócił się, by spojrzeć w oślepiające lampy, chrabąszcz utonął w powodzi własnego światła, stał się pochodnią pędzącą Montagowi na spotkanie, został tylko ogłuszający zgiełk i ryk. Już prawie go miał!

Potknął się i upadł.

Już po mnie! To koniec!

Ale upadek wszystko zmienił. Na ułamek sekundy przed zderzeniem dziki chrabąszcz gwałtownie skręcił, odbił w bok i zniknął. Montag leżał na brzuchu, z głową wtuloną w asfalt. Wraz z siną mgiełką spalin doleciały go resztki śmiechu.

Prawą rękę, wyciągniętą nad głowę, przyciskał do jezdni. Podniósłszy dłoń, dostrzegł – na samym koniuszku środkowego palca – czarny odcisk bieżnika o szerokości jednej szesnastej cala, w miejscu, gdzie przelotnie musnęła go opona. Wstając, z niedowierzaniem wpatrywał się w tę czarną kreskę.

To nie była policja, pomyślał.

Rozejrzał się. Aleja była pusta. Dzieciaki w samochodzie, w różnym wieku, Bóg jeden wie, od dwunastu do szesnastu lat, wybrały się na przejażdżkę, żeby pokrzyczeć, pogwizdać, pohałasować i zobaczyły człowieka, widok zaiste niezwykły, zobaczyły pieszego, prawdziwą rzadkość, i pomyślały po prostu, dorwijmy go, nie wiedziały, że mają do czynienia ze zbiegłym Montagiem, zwykła gromada dzieciaków na długiej i głośnej nocnej przejażdżce, pięćset, sześćset mil przez kilka godzin w blasku księżyca, twarze zmrożone wiatrem, o świcie wrócą albo nie wrócą do domu, żywi lub martwi, ot, przygoda.

Byliby mnie zabili, pomyślał Montag, chwiejąc się na nogach w rozdartym powietrzu i tumanach kurzu. Dotknął obitego policzka. Bez żadnego powodu byliby mnie zabili.

Ruszył w stronę przeciwległego krawężnika, powtarzając każdej stopie z osobna, żeby się przemieszczała. Udało mu się pozbierać rozrzucone książki, chociaż nie pamiętał, żeby się po nie schylał czy ich dotykał. Cały czas przekładał je teraz z ręki do ręki jak karty w pokerze, których rozkładu nie potrafił rozgryźć.

Ciekawe, czy to ci sami, którzy zabili Clarisse?

Zatrzymał się. Jego umysł powtórzył pytanie bardzo głośno:

Ciekawe, czy to ci sami, którzy zabili Clarisse?!

Miał ochotę pobiec za nimi z krzykiem.

Oczy zaszkliły mu się łzami.

Ocaliło go to, że upadł jak długi. Kierowca, widząc go na ziemi, zareagował instynktownie: przy tej prędkości najechanie na leżącego groziło dachowaniem i poważnymi obrażeniami ciała pasażerów. A co by było, gdyby Montag tkwił na jezdni jako wysoki, wyprostowany cel?

Zaparło mu dech w piersi.

Daleko, daleko, cztery przecznice od niego, chrabąszcz zwolnił, zawrócił ostro z przechyłem na dwa koła i gnał z powrotem, po niewłaściwej stronie jezdni, nabierał prędkości.

Ale Montag już zniknął, przepadł w bezpiecznym mroku uliczki, która stanowiła cel jego eskapady od samego początku – kiedy to było, przed godziną? Czy może przed minutą? Drżał w nocnych ciemnościach, patrząc ze swojej kryjówki, jak chrabąszcz przejeżdża obok, poślizgiem wraca na środek jezdni, pryska śmiechem na wszystkie strony i znika w oddali.

Zagłębiając się w mrok, widział śmigłowce, która opadały, opadały jak pierwsze płatki śniegu zwiastujące długą zimę...

***

Dom był cichy.

Montag podkradł się do tylnego wejścia, otulony gęstą nocno-wilgotną wonią żonkili, róż i mokrej trawy. Dotknął drzwi z siatki, stwierdził, że są otwarte, wśliznął się za nie i – cały czas nasłuchując – przemknął po werandzie.

Pani Black, czy pani tam śpi? zapytał w myślach. To zły uczynek, ale pani mąż robił to innym ludziom i nigdy nie zadawał pytań, nie wahał się, nie martwił. A teraz, ponieważ jest pani żoną strażaka, przyszła kolej na pani dom. Za wszystkie domy, które pani mąż spalił, i wszystkich ludzi, których skrzywdził, nie zastanawiając się nad tym ani przez chwilę.

Dom nie odpowiadał.

Ukrył książki w kuchni, po czym wszedł z powrotem w zaułek. Kiedy obejrzał się przez ramię, dom stał za jego plecami tak samo ciemny i cichy jak przedtem. Spał.

Idąc przez miasto, nad którym helikoptery miotały się pod niebem jak skrawki papieru, zaszedł do samotnej budki telefonicznej przed zamkniętym o tak późnej porze sklepem i zgłosił alarm. Odczekał w zimnym nocnym powietrzu, aż w oddali zabrzmi wycie syren strażackich, po czym rzucił się do ucieczki. Salamandry już pędziły na miejsce, śpieszyły spalić dom pani Black, gdy pan Black był w pracy, śpieszyły, by wygnać panią Black na dwór i kazać jej drżeć z zimna, gdy dach zapadnie się i zawali na szalejący w środku pożar. Na razie jednak właścicielka domu smacznie spała.

Dobranoc, pani Black, pomyślał Montag.

***

– Faber!

Jeszcze raz: stukanie, szept, długie oczekiwanie. W końcu w domku Fabera zapaliło się światło, a po kolejnej minucie drzwi od podwórza się otworzyły.

Stali naprzeciw siebie i mierzyli się wzrokiem w półmroku, jakby powątpiewając nawzajem w swoje istnienie. Faber poruszył się pierwszy: wyciągnął rękę, złapał Montaga, wciągnął go za próg i posadził, a sam wrócił do wejścia i jeszcze przez chwilę nasłuchiwał. Zgiełk syren oddalał się.

Faber cofnął się w głąb domu i zamknął drzwi.

– Od początku byłem głupcem – przyznał Montag. – Nie mogę tu długo zostać, jestem w drodze, Bóg jeden wie dokąd.

– Przynajmniej byłeś głupcem w słusznej sprawie – odparł Faber. – Myślałem, że nie żyjesz. Audiokapsułka, którą ci dałem...

– Spłonęła.

– W jednej chwili słyszałem, jak kapitan do ciebie mówi, a w następnej nie było już nic. Niewiele brakowało, bym poszedł cię szukać.

– Kapitan nie żyje. Znalazł kapsułkę, usłyszał twój głos, chciał cię namierzyć. Zabiłem go z miotacza ognia.

Faber usiadł i przez pewien czas się nie odzywał.

– Jak to się mogło stać, na Boga? – zdumiewał się Montag. – Jeszcze nie tak dawno temu wszystko było w najlepszym porządku, po czym ani się obejrzałem, jak zacząłem tonąć. Ile razy można się utopić i przeżyć? Nie mogę oddychać. Beatty nie żyje, a kiedyś się przyjaźniliśmy. Millie odeszła, myślałem, że jest moją żoną, ale teraz już nie jestem pewien. Mój dom spłonął, straciłem pracę, stałem się zbiegiem, a po drodze tutaj podrzuciłem książki innemu strażakowi. Chryste Panie, ile się przez tydzień wydarzyło!

– Zrobiłeś to, co musiałeś zrobić. Od dawna się na to zanosiło.

– To prawda, sam też w to wierzę, nawet jeśli nie wierzę już w nic innego. Uzbierało się. Od dawna przeczuwałem, że na coś się zanosi; że się zbiera. Robiłem jedno, czułem co innego. Boże, to wszystko we mnie tkwiło, cud, że nie było tego po mnie widać, jak otyłości na przykład. A teraz zjawiam się tutaj i mącę ci w życiu. Mogli mnie śledzić.

– Pierwszy raz od lat naprawdę czuję, że żyję – odparł Faber. – Że robię coś, co powinienem był zrobić dawno temu. Chwilowo nawet nie odczuwam lęku, może dlatego, że w końcu postępuję słusznie. A może dlatego, że postąpiłem pochopnie, ale nie chcę przed tobą wyjść na tchórza. Spodziewam się, że będę musiał podjąć jeszcze inne, bardziej gwałtowne działania, odsłonić się, żeby nie zawieść i znów nie zacząć się bać. Co planujesz?

– Będę uciekał.

– Wiesz, że trwa wojna?

– Słyszałem.

– Boże, czyż to nie zabawne? Przez to, że mamy inne, własne problemy, wydaje się taka odległa.

– Nie miałem czasu się nad tym zastanowić. – Montag wyjął sto dolarów. – Chcę ci je zostawić, żebyś spożytkował wedle uznania, na coś użytecznego, kiedy ja już zniknę.

– Ale...

– Mogę nie dożyć południa. Weź je.

Faber pokiwał głową.

– Jeżeli dasz radę, kieruj się w stronę rzeki, a potem idź z jej nurtem. Jeśli natrafisz na stare tory kolejowe biegnące w głąb lądu, idź wzdłuż nich. Dzisiaj większość transportu odbywa się drogą lotniczą i połączeń kolejowych prawie nie ma, szyny zostały i sobie rdzewieją. Podobno w różnych rejonach kraju można jeszcze znaleźć obozowiska włóczęgów: nazywają je „chodzącymi obozami". Jeżeli zapuścisz się dostatecznie daleko i będziesz miał oczy i uszy szeroko otwarte, to przy torach rozciągających się stąd do Los Angeles można ponoć spotkać mnóstwo starych akademików z Harvardu. W miastach są poszukiwani, poza nimi jakoś sobie radzą. Nie ma ich wielu, ale rząd nie traktuje zagrożenia z ich strony dostatecznie poważnie, żeby ich tropić i tępić. Może uda ci się wśród nich przyczaić na jakiś czas i skontaktować ze mną. Będę w St. Louis; wyjeżdżam porannym autobusem, o piątej. Nareszcie ja również wyrwę się z miasta. Twoje pieniądze bardzo się przydadzą, dziękuję ci i niech cię Bóg błogosławi. Chcesz się chwilę przespać?

– Lepiej będzie, jak już pójdę.

– Zobaczmy.

Faber zaciągnął Montaga do sypialni, gdzie odsunąwszy na bok wiszący na ścianie obrazek, odsłonił ekran telewizyjny wielkości kartki pocztowej.

– Zawsze chciałem mieć coś małego, coś, z czym mógłbym porozmawiać, a zarazem coś, co w razie potrzeby dałoby się zasłonić dłonią, żadne wielgachne monstrum. I oto mam.

Włączył odbiornik.

– Montag – powiedział telewizor i przeliterował: – M-O-N-T-A-G. Guy Montag. W dalszym ciągu poszukiwany. Policja poderwała śmigłowce. Z innego dystryktu sprowadzono drugiego Mechanicznego Ogara...

Montag z Faberem spojrzeli po sobie.

– ... jest niezawodny – mówił dalej telewizor. – Odkąd pierwszy raz zastosowano ów niezwykły wynalazek do tropienia zwierzyny, nigdy jeszcze nie popełnił błędu. Z prawdziwą dumą zapowiadamy, że dzisiejszej nocy nasza telewizja dzięki latającym kamerom będzie mogła śledzić Mechanicznego Ogara, gdy ten wyruszy na poszukiwanie zdobyczy...

Faber nalał dwie szklaneczki whisky.

– To nam dobrze zrobi.

Wypili.

– ... węch tak czuły, że potrafi jednorazowo zidentyfikować i zapamiętać dziesięć tysięcy indeksów zapachowych przypisanych do dziesięciu tysięcy osób.

Faber ledwo dostrzegalnie zadrżał i powiódł wzrokiem po swoim domu – po ścianach, drzwiach, klamce i krześle, na którym w tej chwili siedział jego gość. Montag zauważył to spojrzenie i obaj pośpiesznie zaczęli się rozglądać. Montag poczuł, jak rozdyma nozdrza; zdawał sobie sprawę, że właśnie próbuje wytropić sam siebie, i nagle własny nos wydał mu się dostatecznie czuły, żeby prześledzić drogę, jaką przebył w wypełniającym pokój powietrzu, począwszy od drobinek potu na klamce, niewidocznych, lecz licznych jak klejnociki małego żyrandola, był wszędzie, w całym wnętrzu, na wszystkim, był świetlistym obłokiem, duchem, który znów uniemożliwia swobodne nabranie tchu. Zwrócił uwagę, że Faber też wstrzymuje oddech – ze strachu być może, że miałby wciągnąć ducha do płuc, zostać skażony widmowym wyziewem i odorem biegnącego człowieka.

– Śmigłowiec z Mechanicznym Ogarem ląduje teraz na miejscu pożaru!

Na małym ekranie pokazał się spalony dom, tłum gapiów i coś przykrytego prześcieradłem. Helikopter sfrunął spod nieba jak groteskowy kwiat.

Postanowili kontynuować przedstawienie, pomyślał Montag. Cyrk musi trwać, nawet jeśli za godzinę ma wybuchnąć wojna...

Przykuty do miejsca śledził zafascynowany rozgrywającą się na ekranie scenę. Wydawała mu się tak odległa, tak kompletnie niemająca z nim nic wspólnego, że oglądał ją z zadziwieniem, a nawet swoistą przyjemnością. To wszystko dla mnie, myślał. To wszystko dzieje się z mojego powodu, na Boga.

Gdyby chciał, mógłby się zasiedzieć u Fabera, w cieple i wśród wygód, i śledzić przebieg polowania, obserwować jego szybko następujące po sobie etapy na ulicach, wśród zaułków, pustych alej, parkingów i placów zabaw – z nieodzownymi od czasu do czasu przerwami na reklamy – i dalej przez kolejne uliczki, do płonącego domu państwa Blacków, a w końcu także tutaj, do domu, w którym siedzieli z Faberem, popijając whisky, do momentu, gdy Ogar zwęszy najświeższy ślad i bezgłośny jak powiew samej śmierci wyhamuje z poślizgiem pod oknami. Wówczas Montag, gdyby miał taki kaprys, mógłby wstać, podejść do okna, otworzyć je, wychylić się, obejrzeć się przez ramię na telewizor i zobaczyć samego siebie zekranizowanego, opisanego i przetworzonego, obrysowanego poświatą ekraniku za plecami – dramatyczną scenę poddaną obiektywnemu oglądowi widzów, którzy w swoich salonach widzieli go w naturalnych rozmiarach, kolorach i wielowymiarowej perfekcji! Gdyby zachował czujność, zdążyłby jeszcze zobaczyć, jak na ułamek sekundy przed spadnięciem w nicość zostaje przekłuty igłą na użytek Bóg jeden wie ilu salonowych widzów, chwilę wcześniej wyrwanych ze snu przez obłąkańcze wycie ścianowizorów wzywających do obejrzenia wielkiego polowania, łowów na grubego zwierza, spektaklu jednego aktora.

Czy zdążyłby wygłosić mowę? Kiedy Ogar by go złapał na oczach dziesięciu, dwudziestu albo trzydziestu milionów ludzi, czy zdążyłby streścić ostatni tydzień swojego życia w jednym zdaniu, zawrzeć go w jednym słowie, które zostałoby z nimi na długo po tym, jak Ogar odwróciłby się, ściskając go w stalowych szczypcach szczęk, i potruchtał w mrok, odprowadzany spojrzeniem nieruchomej kamery, aż rozpłynąłby się w oddali i nastąpiłoby idealne wyciemnienie? Co takiego miałby wyrazić w jednym słowie, w kilku słowach, żeby przypalić im twarze i ich obudzić?

– Patrz – szepnął Faber.

Ze śmigłowca spłynęło na ziemię coś, co nie było ani maszyną, ani zwierzęciem, nie było żywe ani martwe i połyskiwało zielonkawą poświatą. Stanęło w pobliżu dymiących zgliszczy domu Montaga. Mężczyźni przynieśli porzucony przez niego miotacz ognia i podstawili go Ogarowi pod pysk. Dały się słyszeć trzaski, warkot, brzęczenie.

Montag pokręcił głową, wstał i dopił drinka.

– Czas na mnie. Przepraszam za wszystko.

– Ale za co? I kogo, mnie? Mój dom? Ja na wszystko zasłużyłem. Uciekaj, na litość boską. Może zdołam spowolnić pościg...

– Zaczekaj, nie ma sensu, żebyś się ujawniał. Kiedy wyjdę, spal narzutę z łóżka; dotykałem jej. Wrzuć krzesło do spalarki. Przetrzyj meble alkoholem, klamki też. Spal dywanik z salonu. Włącz klimatyzację na maksimum we wszystkich pokojach; opryskaj wszystko sprayem na mole, jeśli taki masz. Na koniec włącz spryskiwacze na trawniku, też na pełny regulator, i spłucz wodą chodnik. Przy odrobinie szczęścia może nam się uda zatrzeć ślad już tutaj.

Podali sobie ręce.

– Wszystkim się zajmę – zapewnił Faber. – Powodzenia. Jeżeli obaj będziemy cali i zdrowi, spróbujmy się skontaktować za tydzień albo dwa. Na poste restante w St. Louis. Przykro mi, że tym razem nie mogę ci towarzyszyć przez radio w uchu; wtedy bardzo pomogło nam obu, ale mam ograniczone środki. Prawdę mówiąc, nie spodziewałem się, że kiedykolwiek go użyję. Głupi jestem, stary i głupi. Nic nie myślę. Głupi, głupi. Dlatego nie ma drugiego zielonego pocisku, który mógłbym ci włożyć do głowy. Idź już!

– Jeszcze jedna sprawa, byle szybko. Znajdź jakąś walizkę, wrzuć do niej swoje najbardziej zabrudzone ciuchy, stary garnitur, im brudniejszy, tym lepszy, koszulę, stare adidasy, skarpetki...

Faber wyszedł i po minucie wrócił. Zakleili tekturową walizkę przezroczystą taśmą samoprzylepną.

– Żeby przechować wiekowy smrodek pana Fabera, ma się rozumieć – mruknął Faber, pocąc się przy tej robocie.

Montag opryskał walizkę whisky.

– Nie chcę, żeby Ogar podjął dwa tropy jednocześnie. Mogę zabrać tę whisky? Będzie mi jeszcze potrzebna. Jezu, oby to się udało!

Jeszcze raz uścisnęli sobie dłonie. Wychodząc, Montag po raz ostatni rzucił okiem na telewizor. Ogar był już w drodze, pokazywany przez latające kamery: biegł bezgłośnie, bezszelestnie, wciągając w nozdrza silny nocny wiatr. Właśnie wpadł w pierwszą uliczkę.

– Do widzenia!

Montag wymknął się tyłem i żwawo potruchtał przed siebie, niosąc na wpół pustą walizkę. Usłyszał jeszcze, jak za jego plecami ożywają spryskiwacze na trawniku, wypełniając mroczne powietrze deszczem, który z początku ledwie mżył, by po chwili przeobrazić się w ulewę, spłukać chodniki i przelać się w głąb zaułka. Montag zabrał ze sobą kilka kropel, które padły mu na twarz. Wydawało mu się, że usłyszał jeszcze jedno „do widzenia" Fabera, ale nie był tego pewien.

Biegł bardzo szybko. Oddalał się od domu, kierując ku rzece.

Montag biegł.

Wyczuwał zbliżanie się Ogara jak nadciągającą jesień, zimną, suchą i szybką, jak wiatr, który nie kołysze trawą, nie klekoce oknami i nie tyka cieni liści na białych chodnikach. Ogar nie dotykał świata. Niósł w sobie ciszę, która coraz cięższej zalegała nad całym miastem. Montag czuł jej narastające ciśnienie – i biegł.

W drodze nad rzekę przystawał dla nabrania tchu, zaglądał przez słabo oświetlone okna do tych domów, których mieszkańcy nie spali, i widział w środku sylwetki ludzi przed ścianowizorami, a na olbrzymich ekranach Mechanicznego Ogara, który sapnął kłębem neonowej pary i przemknął na pajęczych odnóżach, był i zniknął, był i zniknął! Był przy Elm Terrace, Lincoln, Oak, Park, wpadł w uliczkę prowadzącą do domu Fabera.

Biegnij dalej, ponaglał go w myślach Montag, nie zatrzymuj się, biegnij, nie skręcaj!

Na ścianie – dom Fabera, pulsujące spryskiwacze rytmicznie plujące wodą w nocne powietrze.

Ogar zwolnił, zawahał się.

Nie! Montag złapał się parapetu. Tutaj! Do mnie!

Prokainowa igła wysuwała się i chowała, wysuwała i chowała. Przezroczysta kropla narkotyku snów skapnęła z ostrza, gdy igła w końcu zniknęła w pysku Ogara.

Montag wstrzymał oddech jak zaciśniętą w piersi pięść.

Mechaniczny Ogar odwrócił się, zostawił za sobą dom Fabera i pędem wpadł w zaułek na tyłach.

Montag przeniósł wzrok na niebo. Śmigłowce się zbliżyły, były jak olbrzymi rój insektów przyciąganych jednym źródłem światła.

Z niejakim wysiłkiem skarcił samego siebie – ponownie! – że to nie jest kolejny odcinek fikcyjnego serialu, który podgląda po drodze nad rzekę, tylko rzeczywistość jego własnej, prywatnej partii szachów, w której uczestniczy i śledzi każdy ruch.

– Do diabła! – zawołał, żeby dodać sobie animuszu.

W końcu oderwał się od ostatniego z okien i trwającego za nim fascynującego seansu i pobiegł dalej. Zaułek, ulica, zaułek, ulica, woń rzeki. Noga w przód, noga w dół, noga w przód, noga w dół. Niedługo będzie tak biegło dwadzieścia milionów Montagów, jeśli tylko kamery go pochwycą. Dwadzieścia milionów Montagów biegnie,

biegnie jak na wiekowych komediach Keystone Film Company: gliniarze i rabusie, ścigający i ścigani, myśliwi i zwierzyna, widział to tysiące razy. A za jego plecami dwadzieścia milionów bezgłośnie ujadających Ogarów rykoszetowało od ścian salonów, jak w bilardzie skakało z prawej na środkową, ze środkowej na lewą i już go nie ma, prawa, środkowa, lewa i już go nie ma!

Montag wetknął sobie muszelkę do ucha.

– Policja zaleca, aby wszyscy mieszkańcy rejonu Elm Terrace stanęli w otwartych drzwiach lub oknach od frontu albo od podwórza. Zbieg nie zdoła się wymknąć, jeżeli w ciągu najbliższej minuty wszyscy będą go wypatrywać!

No oczywiście! Dlaczego wcześniej na to nie wpadli?! Dlaczego przez te wszystkie lata nikt nie spróbował takiego manewru? Wszyscy na nogach, wszyscy na czatach! Nie przegapią go! Nie przegapią jedynego człowieka biegnącego pustymi ulicami nocnego miasta, jedynego człowieka wystawiającego na próbę swoje nogi!

– Wszyscy! Na „dziesięć"! Jeden! Dwa!

Czuł, jak miasto się budzi.

– Trzy!

Czuł, jak miasto wychodzi z sypialni.

Szybciej! Noga w górę, noga w dół!

– Cztery!

Lunatycy zbliżyli się do drzwi.

– Pięć!

Poczuł, jak ich dłonie spoczęły na klamkach!

Rzeka pachniała chłodem i zagęszczonym deszczem. W gardle czuł przypaloną rdzę, pęd powietrza osuszył mu oczy z łez. Krzyczał, jakby ten krzyk miał mu dodać sił, ponieść go te ostatnie sto jardów.

– Sześć, siedem, osiem!

Pięć tysięcy klamek obróciło się jednocześnie.

– Dziewięć!

Zostawił za sobą ostatni szeregowiec na zjeździe opadającym ku litej, ruchomej ciemności.

– Dziesięć!

Drzwi się otworzyły.

Wyobraził sobie tysiące tysięcy twarzy wyglądających na podwórka, zerkających w zaułki, patrzących w niebo; twarzy skrytych za firankami, bladych, porażonych nocną zgrozą, przypominających szare zwierzątka wyzierające z elektrycznych jaskiń; twarzy o szarych, bezbarwnych oczach, z szarymi językami i szarymi myślami przezierającymi spod znieczulonej skóry i ciała.

On jednak był już nad rzeką.

Dotknął jej, żeby się upewnić, że jest prawdziwa. Wszedł do wody i po ciemku rozebrał się do naga. Ochlapał tułów, ręce, nogi i głowę alkoholem, wypił łyk i wciągnął trochę nosem. Włożył stare ubranie i buty Fabera, a swoje wyrzucił do wody i odprowadził wzrokiem, uniesione nurtem rzeki. Trzymając walizkę w ręce, oddalał się od brzegu tak długo, aż stracił grunt pod nogami i również dał się porwać ciemnym prądom.

***

Spłynął trzysta metrów, zanim Ogar dotarł na brzeg. Nad głową zawisł mu ogłuszający jazgot helikopterów. Powódź światła zalała rzekę, jakby słońce znienacka przebiło się przez chmury. Montag zanurkował. Czuł, że rzeka ciągnie go dalej, głębiej w mrok. Snopy światła cofnęły się na ląd, śmigłowce zawróciły nad miasto, jakby zwęszyły nowy trop. Zniknęły. Ogar zniknął. Została tylko zimna rzeka i unoszący się na niej w zdumiewającej ciszy i spokoju Montag, daleko od miasta, świateł, pościgu, daleko od wszystkiego.

Czuł się trochę tak, jakby zostawił za sobą scenę z mnóstwem aktorów; jakby wstał w połowie seansu spirytystycznego i porzucił tłum mamroczących duchów. Przechodził od nierzeczywistości, która była przerażająca, do rzeczywistości, która była nierzeczywista z powodu swojej nowości.

Czarne brzegi przesuwały się obok niego, rzeka niosła go pomiędzy wzgórza. Pierwszy raz od kilkunastu lat zobaczył gwiazdy, przepływały mu nad głową w długich pochodach wirującego ognia. Zobaczył, jak tworzą na niebie potężną machinę, grożącą przetoczeniem się i zmiażdżeniem go.

Unosił się na wznak na wodzie. Walizka nabrała wody i zatonęła. Rzeka, spokojna i łagodna, zabierała go od ludzi, którzy zjadali cienie na śniadanie, mgłę na obiad i opary na kolację. Była nadzwyczaj rzeczywista. Podtrzymywany przez nią swobodnie nareszcie miał trochę czasu dla siebie, mógł przywołać w myślach ostatni miesiąc, ostatni rok, całe życie. Wsłuchał się w coraz wolniejszy rytm swojego serca. Krew przestała pędzić gorączkowo w żyłach, myśli zwolniły biegu razem z nią.

Księżyc wisiał nisko na niebie. Właśnie, księżyc: skąd się bierze jego światło? Ze słońca, rzecz jasna. A światło słońca? Słońce to co innego, pała własnym żarem. Płonie bez przerwy, dzień po dniu, pali i pali. Słońce i czas. Słońce, czas i ogień. Ogień. Rzeka kołysała go delikatnie. Ogień. Słońce i wszystkie zegary świata. Wszystko połączyło się w jego umyśle i zlało w jedno. Po długim czasie unoszenia się na lądzie i krótkim okresie unoszenia się na wodzie wiedział już, dlaczego nigdy więcej nie wolno mu niczego spalić.

Słońce płonęło codziennie. Wypalało czas. Świat pędził w koło, obracał się wokół swojej osi, a czas i tak był zajęty spalaniem kolejnych lat i ludzi i nie potrzebował do tego pomocy Montaga. Jeśli więc on i inni strażacy spalali przedmioty, a słońce spalało czas, to znaczy, że wszystko płonęło!

Ktoś musiał przestać. Na słońce nie było co liczyć. Wyglądało więc na to, że to Montag i ludzie, z którymi do niedawna współpracował, musieli ustąpić. Ocalanie i gromadzenie musiało się od czegoś rozpocząć na nowo; ktoś musiał się zająć zbieraniem i przechowywaniem w taki czy inny sposób w książkach, zapiskach, ludzkich głowach – konkrety były nieistotne, dopóki treść pozostawała bezpieczna od moli, rybików, rdzy, zbutwienia i ludzi z zapałkami. Na świecie było pełno ognia wszelkich odmian i rozmiarów. Cech wytwórców tkanin azbestowych powinien jak najszybciej rozpocząć działalność.

Zahaczył piętą o dno, dotknął drobnych otoczaków i większych kamyków, przeszorował po piasku. Rzeka wyniosła go ku brzegowi.

Zmierzył wzrokiem wielką czarną bestię pozbawioną oczu, światła, kształtu i posiadającą tylko rozmiar, niestrudzoną, przebywającą bez wytchnienia tysiąc mil wśród trawiastych pagórków i lasów, które na niego czekały.

Zawahał się. Nieśpieszno mu było do porzucenia kojących wód. Spodziewał się, że na brzegu zastanie Ogara. Że drzewa ugną się znienacka pod huraganem tłoczonym przez wirniki śmigłowców.

Tymczasem w górze powiewał zwyczajny jesienny wietrzyk, przepływający obok niego niby druga rzeka. Dlaczego Ogar tu nie przybiegł? Dlaczego pościg zawrócił w głąb lądu? Nadstawił ucha. Nic. Nic.

Millie, pomyślał. Co za przestwór. Posłuchaj tylko! Nic, zupełnie nic. Jaka cisza, Millie; ciekaw jestem, co byś na nią powiedziała. Krzyczałabyś: „Zamknij się! Zamknij się!"? Millie, Millie.

Zrobiło mu się smutno.

Nie było Millie, nie było Ogara. Wychodząc na ląd, czuł suchy zapach siana, nawiewany znad jakichś odległych pól. Przypomniał sobie farmę, którą odwiedził w dzieciństwie; była to jedna z tych rzadkich okazji, kiedy mógł się przekonać, że poza siedmioma zasłonami nierzeczywistości, poza ścianami salonów i blaszaną fosą miasta krowy przeżuwają trawę, świnie w południe nurzają się w ciepłych kałużach, a psy obszczekują białe owce na wzgórzu.

Sucha woń siana i ruch płynącej wody przywołały myśl o drzemce w świeżym sianie w jakiejś stodole na uboczu, z dala od zgiełkliwych dróg, na tyłach spokojnego wiejskiego domku, pod skrzydłami wiekowego wiatraka, którego turkotanie brzmiało jak dźwięk upływających lat. Całą noc przeleżałby w stodole na strychu, wsłuchany w odległe odgłosy owadów, dużych zwierząt i drzew, szmery i szelesty.

W nocy wydałoby mu się, że słyszy dobiegający z dołu – być może – odgłos kroków. Naprężyłby nerwowo mięśnie i usiadł, ale kroki by się oddaliły, a on znów wyciągnąłby się na sianie. Wyjrzałby ze stryszku przez okno, bardzo późno w nocy, i patrzył, jak w domu gasną światła, aż w jednym z ciemnych już okien przysiadłaby bardzo młoda, piękna kobieta. Zaplatałaby warkocze. Ledwie by ją widział, ale jej twarz do złudzenia przypominałaby twarz dziewczyny z jego przeszłości, teraz już bardzo, bardzo odległej; dziewczyny, która znała się na pogodzie i której nigdy nie poparzyły świetliki; dziewczyny, która wiedziała, co znaczy pocieranie brody mleczem. Potem zniknęłaby za ciepłym oknem i pojawiła się ponownie na piętrze, w pobielonej księżycem sypialni. A potem, przy wtórze jazgotu śmierci, ryku odrzutowców rozcinających niebo za horyzontem na dwie czarne połówki, leżałby na strychu, bezpiecznie ukryty, i obserwował te nowe, nieznane gwiazdy widoczne ponad skrajem świata i czmychające przed miękkimi kolorami brzasku.

Rankiem wcale nie czułby się senny: ciepłe zapachy i widoki wiejskiej nocy przyniosłyby mu odpoczynek i ukojenie, mimo że jego oczy pozostawałyby szeroko otwarte, a usta – gdyby tylko pomyślał o tym, żeby ich dotknąć – układałyby się w lekki uśmiech.

A na dole, u podnóża schodów na stryszek, czekałaby na niego rzecz absolutnie niewiarygodna. Zszedłby ostrożnie po schodach w różowym świetle wczesnego poranka, tak bardzo świadomy otaczającego go świata, że aż przejęty zgrozą, stanąłby nad tym małym cudem, w końcu przykucnąłby i go dotknął.

U stóp schodów stałaby szklanka chłodnego świeżego mleka i leżałoby kilka jabłek i gruszek.

W tej chwili niczego nie pragnął bardziej niż takiego właśnie znaku, że bezkresny świat przyjmie go i da mu dość czasu, żeby zdążył pomyśleć wszystko, co wymagało pomyślenia.

Szklanka mleka, jabłko, gruszka.

Zaczął oddalać się od rzeki.

Ląd wybiegł mu na spotkanie jak przypływ. Zmiażdżyła go ciemność, bliskość natury i milion woni niesionych lodowatym wiatrem. Zachwiał się pod naporem mroku, dźwięku i zapachu. Huczało mu w uszach. Okręcił się w miejscu. Gwiazdy zalewały mu pole widzenia jak płonące meteory. Miał ochotę znów zagłębić się w rzece i dać się jej ponieść, bezpiecznie i nieśpiesznie, dokądkolwiek. Ciemna kraina wokół niego przypomniała mu pewien dzień z dzieciństwa: poszedł sobie popływać, gdy wtem największa fala w dziejach ludzkiej pamięci wgniotła go w sól, muł i zielony mrok, woda paliła go w ustach i nosie, prowokowała odruch wymiotny, a on krzyczał. Za dużo wody!

Za dużo lądu!

Szept w wyrastającej przed nim czarnej ścianie. Sylwetka. W sylwetce – dwoje ślepi. To noc na niego patrzyła. To las go widział.

Ogar!

To po to się tak śpieszył, biegł, pocił, omal nie utonął, dotarł tak daleko, pracował tak ciężko, wreszcie pomyślał, że już jest bezpieczny, odetchnął z ulgą i wyszedł z wody, tylko po to, żeby spotkać...

Ogara!

Z jego piersi wydarł się jeszcze jeden, ostatni okrzyk, jakby żaden człowiek nie potrafił znieść takiego ogromu cierpienia.

Ciemna sylwetka rozpłynęła się gwałtownie. Ślepia zniknęły. Sterty liści eksplodowały suchym deszczem.

Montag był sam w dziczy.

Jeleń. Poczuł intensywny piżmowy aromat zmieszany z wonią krwi i zwierzęcego tchnienia, odcienie kardamonu, mchu i ambrozji w bezbrzeżnej nocy, w której drzewa napierały na niego i cofały się, napierały i cofały w rytmie serca bijącego mu za oczami, w głębi czaszki.

Na ziemi musiało leżeć chyba z miliard liści. Brodził w nich jak w suchej rzece pachnącej gorącymi goździkami i ciepłym kurzem. A te wszystkie inne zapachy! Pachniało pokrojonym ziemniakiem, surowym, zimnym i białym od padającego nań nocą światła księżyca. Pachniało marynatą w butelce i pietruszką na stole w domu. Dało się wyczuć lekką, żółtawą woń jakby musztardy w słoiku i aromat goździków kwitnących na sąsiednim podwórku. Opuścił rękę i poczuł muśnięcie zielska, które uniosło mu się na spotkanie jak dziecko. Palce zapachniały mu lukrecją.

Stał nieruchomo i oddychał. Im głębiej wciągał w płuca wonie otaczającej go krainy, tym bardziej przepełniały go wszystkie jej szczegóły. Było ich aż nadto, żeby go wypełnić. Nie czuł się już pusty w środku. Zawsze będzie ich w nadmiarze.

Potykając się, brnął w płytkiej powodzi liści.

I nagle w samym środku tych niezwykłości – coś znajomego.

Zahaczył stopą o coś, co zadźwięczało głucho.

Przesunął dłonią po ziemi, jard w jedną stronę, jard w drugą.

Stalowa szyna.

Tor kolejowy, który wychodził z miasta i rdzewiał nieużywany w dziczy nad rzeką, wśród pól i lasów.

Oto trakt, który poprowadzi go tam, dokąd się wybierał; jedyna znajoma rzecz, magiczny talizman, który bardzo mu się przyda. Będzie mógł go dotknąć, poczuć pod stopami, gdy zanurzy się w gąszcz i głębie zapachów i dotyków, zanurkuje w szepty i szmer niesionych wiatrem liści.

Ruszył torami przed siebie.

Ze zdumieniem stwierdził, że jest absolutnie przekonany o prawdziwości pewnego faktu, którego w żaden sposób nie potrafił dowieść.

Kiedyś, dawno temu, Clarisse szła tą samą drogą, co on teraz.

***

Pół godziny później – ostrożnie podążający po torze, zmarznięty, w pełni świadomy całego swojego ciała, twarzy, ust, oczu wypchanych ciemnością, uszu wypchanych dźwiękiem, nóg wysmaganych przez osty i pokrzywy – zobaczył w oddali ogień.

Płomyk przygasł i znów się rozjarzył, jak mrugające oko. Zatrzymał się, pełen obaw, że mógłby go zdmuchnąć, ale ogień trwał i po chwili Montag zaczął się do niego ostrożnie przybliżać. Potrzebował niemal kwadransa, żeby dotrzeć naprawdę blisko; wtedy znalazł dogodną kryjówkę i patrzył. Ten niepozorny ruch bieli i czerwieni wydał mu się niezwykły, ponieważ nagle zaczął znaczyć coś zupełnie innego niż dotychczas.

Ten ogień nie spalał, lecz ogrzewał.

Wiele dłoni wyciągało się do tego ciepła, dłoni pozbawionych przedramion, które pozostawały ukryte w ciemności. A ponad dłońmi – zastygłe twarze, poruszane i ożywiane tylko światłem płomieni. Nie miał pojęcia, że ogień może tak wyglądać; nigdy nie przyszło mu do głowy, że ogień może nie tylko zabierać, lecz także dawać. Nawet pachniał inaczej.

Nie wiedział, jak długo tak stał. Towarzyszyła mu niemądra i zarazem cudowna świadomość, że nie różni się zbytnio od zwierzęcia, które zwabione blaskiem ognia wychodzi z lasu. Składał się z sierści i wilgotnych ślepi, z futra, pyska i racic, z rogu i krwi; pachniałby jesienią, gdyby wykrwawić go na ziemi. Długo tak stał, zasłuchany w ciepły trzask płomieni.

Była tam cisza otulająca ognisko i malująca się na twarzach ludzi, i był czas, mnóstwo czasu, żeby usiąść przy zardzewiałych torach, pod drzewami, patrzeć na świat i obracać go w oczach niczym trzymaną w sercu paleniska grudę stali, wspólnie kształtowaną spojrzeniami tych wszystkich ludzi. Nie tylko ogień był inny, cisza także. Montag przybliżył się do tej szczególnej ciszy, zatroskanej całym światem.

Nagle rozległy się głosy, ludzie przy ogniu zaczęli rozmawiać. Nie rozumiał słów, słyszał tylko, jak dźwięk wznosi się i opada, jak głosy obracają świat na wszystkie strony i mu się przyglądają. Te głosy znały tę krainę, znały drzewa i miasto leżące przy torach nad rzeką. Mówiły o wszystkim, nie było tematów, których nie mogłyby poruszyć, wiedział o tym z ich kadencji, rytmu, stale obecnej nuty ciekawości i zadziwienia.

Jeden z mężczyzn podniósł wzrok i go zobaczył, po raz pierwszy albo siódmy, i czyjś głos zawołał:

– W porządku! Możesz już wyjść!

Montag cofnął się głębiej w cień.

– Nie bój się – zabrzmiał znowu ten sam głos. – Będziesz tu mile widziany.

Wolnym krokiem ruszył w stronę ogniska i siedzących przy nim pięciu starszych mężczyzn w granatowych dżinsowych spodniach i kurtkach i granatowych garniturach. Nie wiedział, co powiedzieć.

– Siadaj – powiedział mężczyzna wyglądający na przywódcę niewielkiej grupki. – Napijesz się kawy?

Montag patrzył, jak ciemny parujący płyn przelewa się do składanego blaszanego kubka, który następnie trafił w jego ręce. Ostrożnie upił łyk. Czuł na sobie zaciekawione spojrzenia. Poparzył wargi, ale to mu nie przeszkadzało. Otaczali go sami brodacze, ale brody mieli schludne i przystrzyżone, a ręce czyste. Na powitanie gościa wstali, teraz ponownie rozsiedli się przy ogniu. Napił się jeszcze.

– Dziękuję – powiedział. – Bardzo wam dziękuję.

– Nie ma za co, Montag. Nazywam się Granger. – Przywódca wyciągnął dłoń, w której trzymał buteleczkę przezroczystego płynu. – Tego też sobie łyknij, zmieni indeks chemiczny twojego potu. Za pół godziny będziesz pachniał jak dwaj zupełnie inni ludzie. Zważywszy, że tropi cię Ogar, radzę wypić do dna.

Montag napił się gorzkiej cieczy.

– Nadal cuchniesz jak ryś, ale nic nie szkodzi – dodał Granger.

– Wiecie, kim jestem – powiedział Montag.

Granger skinieniem głowy wskazał stojący przy ognisku przenośny telewizorek.

– Śledziliśmy pościg. Spodziewaliśmy się, że wylądujesz na południowym brzegu rzeki. Kiedy usłyszeliśmy cię buszującego po lesie jak pijany łoś, postanowiliśmy się nie chować, chociaż zazwyczaj tak właśnie robimy. Domyśliliśmy się, że płyniesz rzeką, kiedy śmigłowce z kamerami zawróciły nad miasto. Właściwie to nawet jest zabawne, bo pościg trwa. Tyle że skierował się w drugą stronę.

– Jak to w drugą stronę?

– Spójrzmy.

Granger włączył odbiornik. Obraz był koszmarny, skondensowany, las, gorączkowe terkotanie, feeria barw, płynnie przechodził z jednego ujęcia w drugie.

– Pościg przeniósł się do miasta i zmierza w kierunku północnym! – wykrzykiwał podekscytowany głos. – Policyjne śmigłowce gromadzą się nad 87. Aleją i Elm Grove Park!

Granger pokiwał głową.

– Oszukują. Zgubili twój trop w rzece. Nie mogą się do tego przyznać, ale wiedzą, że nie uda im się w nieskończoność podtrzymywać zainteresowania widzów. Przedstawienie wymaga szybkiego i efektownego zakończenia. Gdyby chcieli przeczesywać rzekę, trwałoby to do rana. Dlatego szukają teraz kozła ofiarnego, żeby z przytupem zakończyć sprawę. Patrz uważnie. Najdalej za pięć minut Montag zostanie schwytany.

– Ale jak...

– Patrz.

Podwieszona pod brzuchem śmigłowca kamera leciała nad pustą ulicą.

– Widzisz? – szepnął Granger. – To będziesz ty. Przy końcu uliczki widać już naszą ofiarę. Zwróć uwagę na to zbliżenie. Budują napięcie. Suspens. Długie ujęcie. Jakiś nieszczęśnik wyszedł na spacer. Ekscentryk. Rzadkość. Nie myśl, że policja nie zna zwyczajów wszystkich takich dziwaków, którzy odbywają poranne spacery dla przyjemności albo dlatego, że nie mogą spać. Dawno go namierzyli, całe miesiące, może nawet lata temu. Nigdy nie wiadomo, kiedy takie informacje mogą się przydać; w końcu nadchodzi taki dzień jak dzisiaj i okazują się niezwykle użyteczne. Pozwalają zachować twarz. Boże, patrzcie tylko!

Ludzie przy ognisku pochylili się nad telewizorem.

Na ekranie jakiś pieszy wyszedł właśnie zza rogu. Mechaniczny Ogar nagle rzucił się prosto w obiektyw kamery. Reflektory helikoptera wystrzeliły tuzin snopów oślepiającego blasku, tworząc świetlistą klatkę wokół mężczyzny.

– A oto i Montag! – zabrzmiał triumfalny głos. – Poszukiwania zakończone!

Niewinny mężczyzna znieruchomiał z papierosem w ręce, nie rozumiejąc, co się dzieje. Patrzył na Ogara i go nie rozpoznawał. Prawdopodobnie nigdy przedtem go nie widział. Spojrzał w niebo, rozejrzał się w poszukiwaniu zawodzących syren. Kamery opadły niżej. Ogar wyskoczył w powietrze z takim wyczuciem chwili i rytmu, że wydał się w tym skoku niewiarygodnie piękny. Igła wystrzeliła z pyska. Ogar na ułamek sekundy zawisł nieruchomo w powietrzu, jakby chciał dać widzom czas na przetrawienie całej sceny: niedowierzanie na twarzy ofiary, pusta ulica, stalowy zwierz jak pocisk namierzający cel.

– Nie ruszaj się, Montag! – dobiegło z nieba.

Kamera rzuciła się na ofiarę wraz z Ogarem. Oboje jednocześnie dosięgli celu. Mężczyzna – pochwycony w ten podwójny pajęczy morderczy uścisk – krzyczał, krzyczał, krzyczał!

Wyciemnienie.

Cisza.

Ciemność.

Montag krzyknął i odwrócił wzrok.

Cisza.

Zebrani przy ognisku mężczyźni przesiedzieli jakiś czas w milczeniu, z twarzami pozbawionymi wyrazu, zanim z czarnego ekranu dobiegł głos spikera:

– Poszukiwania dobiegły końca. Montag nie żyje. Zbrodnia przeciw społeczeństwu została pomszczona.

Ciemność.

– Przenosimy się teraz do studia w hotelu Lux na półgodzinne *Tuż Przed Świtem*, program...

Granger wyłączył odbiornik.

– Zauważyłeś, że nie pokazali jego twarzy ostro, na zbliżeniu? Nawet twoi najbliżsi przyjaciele nie potrafiliby stwierdzić, czy to byłeś ty. Trochę rozmyli obraz, w sam raz, żeby wyobraźnia mogła zrobić swoje. Do diabła – wyszeptał. – Do diabła.

Montag milczał. Siedział nieruchomo, ze wzrokiem utkwionym w czarny ekran, i drżał na całym ciele.

Granger dotknął jego ręki.

– Witaj znów wśród żywych – powiedział. Montag skinął głową, a on mówił dalej: – Właściwie teraz już mogę ci przedstawić pozostałych. To jest Fred Clement, dawny profesor katedry Thomasa Hardy'ego w Cambridge, zanim jeszcze tamtejszą uczelnię przemianowano na Uniwersytet Inżynierii Atomowej. Ten drugi to doktor Simmons z UCLA, specjalista od Ortegi y Gasseta. Profesor

West z Columbia University; przed laty położył niemałe zasługi dla rozwoju etyki, dziedziny dzisiaj cokolwiek zapomnianej. Wielebny Padover wygłosił trzydzieści lat temu kilka wykładów, a potem z tygodnia na tydzień z powodu swoich poglądów stracił całą trzódkę. Od dłuższego czasu towarzyszy nam w naszych włóczęgach. A ja? Napisałem książkę zatytułowaną *Palce w rękawiczce. O właściwych relacjach między jednostką i społeczeństwem*, i oto jestem! Witaj, Montag.

– Nie pasuję tutaj – odparł Montag z namysłem, po długim milczeniu. – Byłem głupcem, od samego początku.

– To wśród nas nic nowego. Wszyscy popełnialiśmy błędy, ale były to błędy właściwego rodzaju; inaczej by nas tu nie było. Dopóki istnieliśmy jako zbiór odrębnych jednostek, nie mieliśmy nic poza swoją furią. Kiedy przed laty strażak przyszedł spalić moją bibliotekę, uderzyłem go. Od tamtej pory jestem zbiegiem. Chcesz do nas przystać, Montag?

– Tak.

– A co możesz nam zaoferować?

– Nic. Myślałem, że mam część Księgi Koheleta i może część Apokalipsy, ale teraz nawet to straciłem.

– Księga Koheleta byłaby jak najbardziej w porządku. Gdzie ją trzymałeś?

– Tutaj. – Montag dotknął czoła.

– Ach tak. – Granger z uśmiechem pokiwał głową.

– To źle? – zaniepokoił się Montag. – O co chodzi?

– Wcale nie źle, przeciwnie: to doskonały pomysł. – Granger odwrócił się do pastora. – Mamy jakiegoś Koheleta?

– Jednego. To niejaki Harris z Youngstown.

– Montag. – Granger stanowczym gestem ujął go za ramię. – Uważaj na siebie. Dbaj o zdrowie. Gdyby coś się przytrafiło Harrisowi, to ty będziesz Księgą Koheleta. Widzisz, jak bardzo ważny stałeś się w ciągu ostatniej minuty?

– Ale ja zapomniałem!

– Wcale nie. Nic nie ginie bezpowrotnie. Mamy swoje sposoby, żeby oczyścić ci umysł.

– Próbowałem sobie przypomnieć! I nic!

– Nie próbuj. To samo przyjdzie, kiedy będzie potrzebne. Wszyscy mamy fotograficzną pamięć, ale przez całe życie uczymy się odcinać od wspomnień, które w niej tkwią. Simmons pracuje nad tym od dwudziestu lat; w tej chwili potrafimy odtworzyć wszystko, cokolwiek zostało przeczytane choćby jeden raz. Chciałbyś może któregoś dnia przeczytać *Państwo* Platona, Montag?

– Ależ oczywiście!

– To ja jestem *Państwem*. Interesuje cię Marek Aureliusz? Zwróć się do Simmonsa, jest Aureliuszem.

– Miło mi cię poznać – powiedział Simmons.

– Mnie ciebie również – odpowiedział Montag.

– Pozwól więc, że przedstawię ci jeszcze Jonathana Swifta, autora tych okropnych politycznych *Podróży Guliwera*. Ten jegomość to z kolei Charles Darwin, ten tutaj Einstein, a obok mnie siedzi pan Albert Schweitzer, nadzwyczaj uprzejmy filozof. Wszyscy tu jesteśmy, Montag: Arystofanes, Mahatma Gandhi, Budda Gautama, Konfucjusz, Thomas Jefferson oraz, imaginuj sobie, pan Lincoln. Jesteśmy również Mateuszem, Markiem, Łukaszem i Janem.

Wszyscy zaśmiali się cicho.

– To niemożliwe – powiedział Montag.

– Przeciwnie, to jak najbardziej możliwe – odparł z uśmiechem Granger. – My też palimy książki. Czytamy je, a następnie palimy, żeby ktoś ich nie znalazł. Archiwizacja na mikrofilmach nie zdała egzaminu; stale przenosiliśmy się z miejsca na miejsce, nie chcieliśmy zakopywać mikrofilmów i później po nie wracać. Zawsze istniało ryzyko wykrycia. Lepiej trzymać książki w głowach, gdzie nie tylko nikt ich nie znajdzie, ale nie będzie nawet podejrzewał ich istnienia. Wszyscy jesteśmy kawałkami historii, literatury i prawa międzynarodowego; są wśród nas Byron, Tom Paine, Machiavelli i Chrystus. Pora późna, wojna się zaczęła, my jesteśmy tutaj, a miasto tam, zakutane we własną suknię rozmaitych barw. O czym myślisz, Montag?

– Myślę, że poruszałem się po omacku jak ślepiec, usiłując działać na własną rękę, podrzucać książki strażakom, zgłaszać alarmy.

– Robiłeś to, co konieczne; gdyby rozszerzyć to na cały kraj, efekty mogłyby być cudowne. My jednak uważamy, że nasz sposób jest prostszy i lepszy. Chcemy po prostu bezpiecznie przechować wiedzę, która może nam się w przyszłości przydać, w stanie nietkniętym. Nie zamierzamy na razie nikogo złościć ani inspirować. Jeśli zostaniemy unicestwieni, wraz z nami zginie cała ta wiedza, i to być może na dobre. Na swój sposób jesteśmy wzorowymi obywatelami. Przemierzamy stare trasy kolejowe, nocami śpimy wśród wzgórz, miastowi się nami nie interesują. Zdarza się, że ktoś z nas zostanie zatrzymany i zrewidowany, ale nie mamy przy sobie żadnych obciążających materiałów. Struktura naszej organizacji jest bardzo luźna, elastyczna i rozproszona. Niektórzy poddali się operacjom plastycznym, zmienili rysy twarzy i odciski palców. Na razie mamy do wykonania zadanie skrajnie niewdzięczne: musimy czekać, aż wojna wybuchnie, a następnie, oby równie szybko, dobiegnie końca. Nie jest to przyjemne, ale to nie my sprawujemy władzę. Jesteśmy tylko osobliwą mniejszością wołających na puszczy. Może po zakończeniu wojny przydamy się na coś światu.

– Naprawdę myślisz, że wtedy posłuchają?

– Jeżeli nie, znów będziemy musieli poczekać. Przekażemy książki naszym dzieciom, w postaci mówionej, i potem to one, dzieci, będą czekały dalej. Oczywiście poniesiemy w ten sposób ogromne straty, ale niepodobna zmusić ludzi do słuchania. Muszą się sami ocknąć, w swoim czasie; muszą sami się zdziwić, co się stało i dlaczego świat eksplodował im przed nosem. Ten stan rzeczy nie będzie trwał wiecznie.

– Ilu was jest?

– Dzisiaj są nas tysiące na drogach i opuszczonych torowiskach. Na zewnątrz włóczędzy, w środku biblioteki. Z początku wcale tego nie planowaliśmy. Każdy z nas miał książkę, której chciał się nauczyć na pamięć, i tak właśnie zrobił. Przez następne dwadzieścia lat zaczęliśmy wędrować, spotykać się, aż w końcu powstała jakaś luźna struktura i zalążek planu na przyszłość. Najważniejsze, co musieliśmy sobie wbić do głów, to że my sami nie jesteśmy ważni. Że nie możemy być pedantami. Że nie wolno nam się wywyższać ponad innych. Że jesteśmy dla książek zaledwie obwolutami, które same w sobie nie mają żadnego znaczenia. Niektórzy z nas mieszkają w małych miasteczkach: pierwszy rozdział *Waldena* Thoreau jest z Green River, drugi z Willow Farm w stanie Maine. Jest nawet taka mieścina w Marylandzie, wszystkiego dwudziestu siedmiu mieszkańców, żadna bomba tam nie spadnie, która składa się na eseje zebrane niejakiego Bertranda Russella. Można by je prawie wziąć do ręki i przekartkować; na każdego przypada określona liczba stronic. Kiedy wojna się skończy, pewnego dnia, w którymś tam roku, będziemy mogli spisać książki na nowo. Wezwie się wszystkich ludzi po kolei, żeby wyrecytowali to, co pamiętają, a my wydrukujemy to i przechowamy do nastania kolejnych mrocznych wieków, kiedy być może trzeba będzie wszystko powtórzyć od początku. Ale to właśnie jest w człowieku najpiękniejsze: nigdy nie jest aż tak zniechęcony ani aż tak zdegustowany, żeby się poddać i nie spróbować jeszcze raz, ponieważ doskonale zdaje sobie sprawę, jakie to ważne i jak bardzo warte zachodu.

– Jakie mamy plany na dzisiejszą noc? – zainteresował się Montag.

– Czekamy – odparł Granger. – Na wszelki wypadek przeniesiemy się kawałek w dół rzeki.

Zaczął zasypywać ognisko. Pozostali się przyłączyli, Montag też zaczął pomagać i tak oto wspólnymi siłami mężczyźni na odludziu gasili ogień.

Stanęli nad rzeką w świetle gwiazd.

Montag spojrzał na fosforyzującą tarczę wodoszczelnego zegarka. Piąta. Piąta rano. W ciągu godziny upłynął kolejny rok, świt już się czaił na drugim brzegu rzeki.

– Dlaczego mi ufacie? – zapytał.

Któryś z mężczyzn poruszył się w ciemnościach.

– Wystarczy na ciebie spojrzeć. Dawno nie widziałeś się w lustrze. Poza tym miasto nigdy nie przejmowało się nami na tyle, żeby stosować wobec nas jakieś wyrafinowane podstępy. Paru czubków z głowami pełnymi wierszy nie stanowi dla miastowych zagrożenia; oni to wiedzą, my to wiemy, wszyscy to wiedzą. Dopóki ludzie nie cytują masowo Wielkiej Karty Swobód i Konstytucji, nikt nie będzie sobie nami zawracał głowy. Nadzór ze strony strażaków w zupełności wystarcza. Nie, miastowi naprawdę się nam nie naprzykrzają. A ty wyglądasz fatalnie.

Ruszyli z biegiem rzeki na południe. Montag próbował dostrzec twarze swoich towarzyszy, stare twarze, takie, jak je zapamiętał przy ognisku, pobrużdżone i zmęczone. Szukał w nich jakiegoś błysku, determinacji, oznak triumfu nad dniem jutrzejszym. Szukał – i nie znajdował. Może spodziewał się, że ich oblicza będą skrzyć się wiedzą noszoną przez nich w głowach, świecić wewnętrznym światłem jak latarnie, ale wcześniej całe światło pochodziło z ogniska, a ci ludzie przypominali raczej biegaczy wyczerpanych biegiem albo poszukiwaczy zmęczonych poszukiwaniami, świadków zniszczenia wielu dobrych rzeczy, którzy teraz, bardzo późną porą, zbierali się, by doczekać do końca przyjęcia i zgaszenia świateł. Nie byli wcale pewni, czy to, co noszą w głowach, sprawi, że każdy przyszły świt będzie lśnił czystszym blaskiem, nie byli pewni niczego poza tym, że za ich spokojnymi oczami książki kryją się i czekają nieporozcinane na nabywców, którzy – być może – przyjdą po nie w przyszłości, niektórzy z czystymi, inni z brudnymi palcami.

Mrużąc oczy, Montag przenosił wzrok z jednej twarzy na drugą.

– Nie oceniaj książki po okładce – powiedział któryś z mężczyzn.

I wszyscy zaśmiali się cicho, idąc wzdłuż rzeki.

***

Rozległ się ogłuszający jazgot. Myśliwce zniknęły im znad głów na długo przed tym, jak spojrzeli w niebo. Montag obejrzał się na miasto, z którego została już tylko słaba poświata w pobliżu rzeki.

– Tam jest moja żona.

– Przykro mi to słyszeć. Najbliższe dni będą dla miast bardzo trudne – powiedział Granger.

– To dziwne, ale wcale za nią nie tęsknię – przyznał Montag. – Właściwie to w ogóle nic nie czuję, i to też jest dziwne. Właśnie zdałem sobie sprawę, że nawet jeśli umrze, raczej nie zrobi mi się smutno z tego powodu. To nie w porządku. Coś jest ze mną nie tak.

– Posłuchaj. – Granger ujął go pod ramię. Rozgarnął przed nim gąszcz krzewów, wskazując mu drogę. – Kiedy byłem małym chłopcem, zmarł mój dziadek. Był rzeźbiarzem. Był również człowiekiem niezwykle łagodnym, darzącym świat ogromną miłością. Pomagał sprzątać slumsy w naszym mieście. Robił dla nas zabawki i mnóstwo innych rzeczy. Robota zawsze paliła mu się w rękach. Kiedy zmarł, uświadomiłem sobie, że wcale nie opłakuję jego, lecz rzeczy, które robił. Płakałem, bo nigdy już niczego nie zrobi, nie wyrzeźbi nic z drewna, nie pomoże nam hodować gołębi na podwórzu za domem, nie zagra na skrzypcach ani nie opowie żadnego żartu, tak jak tylko on potrafił. Był częścią nas. Kiedy go zabrakło, wszystkie działania zostały przerwane i nie było już nikogo, kto mógłby je podjąć w taki sam sposób. Był niepowtarzalny. Był ważny. Nigdy nie pogodziłem się do końca z jego śmiercią. Często myślę o pięknych rzeźbach, które nie powstały przez to, że odszedł; myślę o wielu żartach, których nikt nie poznał, i o gołębiach pocztowych, których nie dotknęły jego ręce. Dziadek oddziaływał na świat. Kształtował go. Kiedy zmarł, świat stracił dziesięć milionów drobnych zdarzeń.

Przez jakiś czas Montag szedł przed siebie w milczeniu.

– Millie, Millie – wyszeptał w pewnym momencie. – Millie.

– Słucham?

– Moja żona. Moja żona. Biedna Millie, biedna Millie. Nie mogę sobie niczego przypomnieć. Myślę o jej dłoniach, ale nie pamiętam, żeby cokolwiek robiły: wiszą bezwładnie u jej boków, leżą na kolanach, jedna trzyma papierosa... To wszystko.

Odwrócił się i obejrzał za siebie.

A ty co dałeś miastu, Montag?

Popioły.

Co pozostali dali sobie nawzajem?

Nicość.

Granger też się zatrzymał i razem z nim patrzył na miasto.

– Dziadek mawiał, że każdy, kto umiera, coś po sobie zostawia: dziecko, książkę, obraz, wybudowany dom, postawiony mur, uszyte buty. Zasadzony ogród. Zostawiasz coś, czego twoja ręka dotknęła w taki sposób, że twoja dusza ma dokąd odejść po śmierci, i kiedy ludzie patrzą na to coś, na posadzone przez ciebie drzewo czy kwiat, ona tam jest. Nie jest ważne, co dokładnie zrobiłeś, tłumaczył dziadek; liczy się to, że przetworzyłeś jakiś obiekt, przemieniłeś go ze stanu przed twoim dotykiem w inny, nowy stan, który w jakiś sposób cię przypomina i trwa już po tym, jak odsuniesz ręce. Różnica między człowiekiem, który po prostu przycina trawnik, a prawdziwym ogrodnikiem polega na dotyku, mawiał. Przystrzygacz mógłby w ogóle nie istnieć; ogrodnik będzie tam obecny przez całe życie.

Granger skinął ręką.

– Pewnego razu, pięćdziesiąt lat temu, pokazał mi film kręcony z rakiety V-2. Widziałeś kiedy grzyb atomowy z wysokości dwustu mil? Wygląda jak czubek szpilki, taki jest malutki. Takie nic, zewsząd otoczone przez dziką naturę. Dziadek puścił mi ten film dziesięć, dwanaście razy z rzędu. Miał nadzieję, że nasze miasta pewnego dnia bardziej się otworzą, przybliżą do natury, wpuszczą do środka więcej zieleni, żeby przypominać ludziom o tym, jak niewielki skrawek Ziemi nam przydzielono, i o tym, że zewsząd otacza nas dzika przyroda, która może bardzo łatwo odebrać to, co nam dała: wystarczy, że dmuchnie na nas wiatrem albo naśle morze z przypomnieniem, że wcale nie jesteśmy tacy potężni. Jeżeli zapomnimy, ostrzegał dziadek, jak blisko sąsiadujemy z naturą w ciemne noce, to ona pewnego dnia nas dopadnie, bo nie będziemy pamiętali, jak prawdziwa i groźna potrafi być. Rozumiesz teraz? – Granger odwrócił się do Montaga. – Dziadek nie żyje od lat, ale gdybyś wziął do ręki moją głowę, to jak mi Bóg miły, w zwojach mózgu odkryłbyś odciśnięty ślad jego kciuka. Dotknął mnie. Był rzeźbiarzem, jak wspomniałem wcześniej. „Nie cierpię Rzymianina o nazwisku Status Quo!", wołał. „Chłoń otaczające cię cuda", powtarzał. „Żyj tak, jakbyś miał umrzeć za dziesięć sekund. Oglądaj świat. Jest bardziej niezwykły od wszystkich marzeń wytwarzanych i kupowanych w fabrykach. Nie proś o gwarancje. Nie oczekuj bezpieczeństwa, takie zwierzę nigdy nie istniało. A gdyby nawet istniało, byłoby blisko spokrewnione z olbrzymim leniwcem, który dzień w dzień, od świtu do zmierzchu zwisa głową w dół z gałęzi i przesypia całe życie. Do diabła z takim życiem. Potrząśnij drzewem, niech leniwiec spadnie na tyłek".

– Patrzcie! – wykrzyknął Montag.

W tej właśnie chwili wojna zaczęła się i skończyła.

Później otaczający Montaga mężczyźni nie umieli powiedzieć, czy naprawdę coś wtedy zobaczyli. Być może delikatną poświatę i cień ruchu na niebie. Może przez ułamek sekundy tam właśnie były bomby i odrzutowce, dziesięć mil nad nimi, pięć mil, jedną milę, jak ziarno rozrzucone po firmamencie dłonią olbrzymiego siewcy. Bomby szybowały w powietrzu z upiorną, niespodziewaną powolnością, opadały o poranku na miasto, które zostawili za sobą. Bombardowanie było praktycznie zakończone w momencie, gdy samoloty namierzyły cel przy prędkości pięciu tysięcy mil na godzinę i powiadomiły bombardierów. Wojna skończyła się szybko jak szept kosy. Wystarczyło zwolnić bomby z przytrzymujących je zaczepów i było po wszystkim. Zanim trafiły w cel, upłynęły trzy sekundy, cała wieczność, nieprzyjacielskie maszyny zdążyły przez ten czas znaleźć się pół świata dalej, niczym pociski karabinowe, w które wyspiarski dzikus nie wierzy, ponieważ są niewidzialne – a mimo to serce zostaje nagle strzaskane, ciało osuwa się w ciągu odrębnych ruchów, zdumiona krew wyrywa się na wolność i tryska w powietrze, mózg trwoni nieliczne bezcenne spojrzenia i zaskoczony umiera.

Nie sposób było w to uwierzyć. To był pusty gest. Widząc błysk olbrzymiej metalowej pięści nad odległym miastem, Montag wiedział już, że za chwilę znajomo zagrzmią odrzutowe silniki, których ryk będzie niósł unicestwienie, obwieszczał: „Nie zostanie kamień na kamieniu", rozkazywał: „Giń".

Na krótką chwilę siłą woli zatrzymał bomby na niebie, wyciągnąwszy bezradnie ręce.

– Uciekaj! – krzyknął do Fabera. – Uciekaj! – powtórzył pod adresem Clarisse. – Uciekaj, uciekaj stamtąd! – rozkazał Mildred.

Ale Clarisse, przypomniał sobie, nie żyje. A Faber już uciekł. Autobus z piątej rano przemierzał teraz głębokie doliny pomiędzy wzgórzami w drodze od jednego spustoszenia do drugiego. Spustoszenie wprawdzie jeszcze nie nastąpiło, wisiało na razie w powietrzu, ale było tak pewne i przesądzone, jak tylko człowiek potrafił to zagwarantować. Zanim autobus przejedzie kolejne pięćdziesiąt jardów autostrady, punkt docelowy jego podróży przestanie istnieć, a punkt wyjściowy zmieni się z metropolii w złomowisko.

A Mildred...

Uciekaj! Uciekaj!

Zobaczył ją w jakimś pokoju hotelowym w tej ostatniej pół-sekundzie, gdy bomby zawisły jard, stopę, cal nad budynkiem. Widział, jak pochyla się w stronę ścian migoczących ruchem i kolorem, z których „rodzina" mówi do niej, mówi i mówi, paple, szczebiocze, woła ją po imieniu, uśmiecha się i ani słowem nie wspomina o bombie znajdującej się o cal, pół cala, teraz już ćwierć cala od dachu hotelu. Przysuwała się do ścian, jakby poprzez swój głód patrzenia mogła odkryć tajemnicę swojego bezsennego niepokoju. Mildred pochylona niecierpliwie, nerwowo, jakby zamierzała skoczyć, spaść, zanurkować w rojącą się intensywność barw i utonąć w ich jaskrawym szczęściu.

Spadła pierwsza bomba.

– Mildred!

Być może – bo któż to może wiedzieć? – być może wielkie stacje telewizyjne pierwsze zostały unicestwione, z tymi ich snopami kolorów i świateł, z tą ich gadaniną i trajkotaniem.

Montag padł na ziemię, na brzuch, wyciągnął się jak długi i zobaczył lub poczuł (albo wyobraził sobie, że widzi lub czuje), jak ściany wokół Millie ciemnieją, i usłyszał jej krzyk, bo w milionowym ułamku czasu, jaki jej pozostał, nagle zobaczyła swoją twarz, ujrzała odbicie w lustrze zamiast w kryształowej kuli, i była to twarz tak wściekle nijaka, tak samotna w pustym pokoju, pozbawiona kontaktu z czymkolwiek, łaknąca czegoś i pożerająca samą siebie, że w końcu Millie rozpoznała ją jako własną i przeniosła wzrok na sufit – w tej samej chwili, gdy ten z hukiem runął na nią z góry razem z całą konstrukcją hotelu i poniósł ją wraz z milionem funtów cegieł, stali, tynku i drewna w dół na spotkanie innych ludzi, zamieszkujących niżej położone ule, na sam dół, do piwnicy, gdzie eksplozja pozbyła się ich wszystkich na swój własny niepojęty sposób.

Pamiętam. Montag przywarł do ziemi. Przypomniałem sobie. Chicago. Chicago, dawno temu. Millie i ja. To tam się poznaliśmy! Teraz pamiętam. W Chicago. Dawno temu.

Fala uderzeniowa runęła na drugi brzeg rzeki i wzdłuż jej biegu, przewracała ludzi jak kostki domina, rozpylała wodę wzburzonymi fontannami, rozdmuchiwała kurz, przyginała żałobnie drzewa nad ich głowami i dogorywała daleko na południu. Montag skulił się, zwinął w kłębek, zacisnął kurczowo powieki. Zamrugał tylko raz – i w tej jednej chwili zobaczył w powietrzu nie bomby, lecz miasto. Zamieniły się miejscami. Przez kolejną niewiarygodną chwilę miasto wznosiło się przed nim – przebudowane, zmienione nie do poznania, wyższe, niż kiedykolwiek pragnęło lub mogło się stać, wyższe, niż kiedy zbudował je człowiek, rzucone w górę w fontannach zdruzgotanego betonu i lśnieniach strzaskanego metalu niczym naścienne malowidło przedstawiające odwróconą lawinę, milion kolorów, milion osobliwości, drzwi w miejscu okna, góra zamiast dołu, ściana boczna udająca fasadę, aż w końcu runęło na bok i zdechło.

Dopiero potem dobiegł ich odgłos jego śmierci.

Montag leżał na ziemi, ziarnisty kurz zalepiał mu oczy, drobny, wilgotny pył jak cement wypełniał mu usta, a on dyszał spazmatycznie, płakał i rozmyślał, tak, pamiętam, pamiętam, przypomniałem sobie coś jeszcze. Co to takiego? Cytaty z Koheleta i Apokalipsy. Tak, tak, fragmenty tamtej książki. Szybko, pośpiesz się, zanim ci ucieknął, zanim wstrząs minie, zanim ustanie wiatr. Księga Koheleta. Zaczynaj. Powtarzał ją sobie w myślach, leżąc na drżącej ziemi, powtarzał słowa wielokrotnie, a one były doskonałe w zupełnie niewymuszony sposób i nigdzie nie było środka do czyszczenia zębów Denham, był tylko prorok, samotny w jego myślach, stał przed nim i patrzył na niego...

– Po wszystkim – zabrzmiał głos.

Mężczyźni leżeli w trawie, łapiąc powietrze jak wyjęte z wody ryby. Czepiali się ziemi jak dzieci czepiają się znajomych obiektów, choćby te były zimne i martwe, bez względu na to, co się stało lub stanie; wbijali palce w glebę i krzyczeli ile sił w płucach, żeby ocalić bębenki w uszach i zdrowe zmysły, rozwierali szeroko usta, Montag krzyczał razem z nimi w proteście przeciw wichurze, która zdzierała im twarze, szarpała wargi i rozkrwawiała nosy.

Patrzył, jak wielki kurz opada i wielka cisza zalega nad światem. Kiedy tak leżał, wydało mu się, że widzi każde ziarenko kurzu i każde źdźbło trawy z osobna, słyszy każdy lament, krzyk i szept rozbrzmiewające na całym świecie. Cisza opadała wraz z przesianym pyłem, a oni mieli tyle czasu, ile tylko zechcą, żeby się rozejrzeć, ogarnąć rzeczywistość tego dnia i przyswoić ją sobie wszystkimi zmysłami.

Spojrzał na rzekę. Spłyniemy rzeką. Obejrzał się na tory. Albo pójdziemy tamtędy. Albo będziemy szli po drogach. Będziemy mieli czas, żeby wszystko chłonąć. I pewnego dnia, kiedy już od dawna będziemy to nosić w sobie, wszystko wydobędzie się z nas przez dłonie i usta. Wiele będzie w tym zła, ale wystarczająco dużo będzie dobra. Dzisiaj po prostu wyruszymy w drogę. Będziemy oglądać świat, będziemy patrzeć, jak się porusza i mówi; jak naprawdę wygląda. Chcę zobaczyć wszystko. Nic z tego nie będzie mną, kiedy zacznę to oglądać i chłonąć, ale po jakimś czasie nagromadzi się we mnie i stanie się mną. Będę oglądał świat, Boże, Boże, będę oglądał świat na zewnątrz, świat odległy od mojej twarzy; jedyny sposób, żeby go naprawdę dotknąć, to umieścić go w takim miejscu, gdzie w końcu stanie się mną, wtłoczyć go w krew przepompowywaną tysiąc, dziesięć tysięcy razy dziennie. Pochwycę go, żeby nie mógł uciec. Pewnego dnia pochwycę go i nie puszczę. Na razie zahaczyłem go jednym palcem. Początek został zrobiony.

Wiatr ustał.

Pozostali nadal leżeli wokół niego, balansując na dziennym skraju snu, jeszcze niegotowi, by wstać i zacząć codzienne obowiązki, rozpalanie ognia, przyrządzanie jedzenia, załatwianie tysiąca szczegółów wymagających przestawiania stóp i przekładania rąk. Leżeli i mrugali zakurzonymi powiekami. Było słychać ich oddechy, z początku bardzo przyśpieszone, potem coraz spokojniejsze, spokojne...

Montag usiadł.

I znieruchomiał w tej pozycji, podobnie jak tamci. Ledwie widoczny czerwony rąbek słońca muskał czarny horyzont. Zimne powietrze pachniało nadciągającym deszczem.

Granger wstał bez słowa, rozruszał ręce i nogi. Bez przerwy klął pod nosem, jego twarz była zalana łzami. Powłócząc nogami, zszedł nad rzekę i spojrzał wzdłuż jej biegu.

– Jak płasko – powiedział po długiej chwili. – Miasto wygląda jak kopczyk proszku do pieczenia. Przestało istnieć. – I po kolejnej długiej chwili: – Ciekawe, ilu z nich wiedziało, co się święci? Ilu było zaskoczonych?

Ciekawe, pomyślał Montag, ile miast przestało istnieć gdzie indziej na świecie? A ile u nas, w skali całego kraju? Sto? Tysiąc?

Ktoś zapalił zapałkę i przytknął ją do wyjętego z kieszeni skrawka suchego papieru, wepchnął go pod kupkę trawy i liści, po chwili dołożył trochę cienkich gałązek, które – choć wilgotne i skwierczące – w końcu też zajęły się ogniem. Płomienie o poranku wznosiły się coraz wyżej, słońce wzeszło, ludzie przestali w końcu gapić się w górę rzeki i skupili się przy ogniu, skrępowani, nie wiedząc, co powiedzieć. Słońce barwiło im karki, gdy pochylili się nad ogniskiem.

Granger wyjął kawałek bekonu zawinięty w impregnowaną szmatkę.

– Coś przekąsimy – powiedział – a potem zawrócimy. Pójdziemy w górę rzeki. Będziemy tam potrzebni.

Ktoś wyjął małą patelnię, ktoś położył na niej bekon, patelnia trafiła na ognisko. Po niedługim czasie bekon zaczął trzepotać i tańczyć, zaskwierczał, zapachniał w porannym powietrzu. Wszyscy w milczeniu śledzili ten rytuał.

– Feniks – powiedział Granger zapatrzony w ogień.

– Co?

– Dawno temu, przed Chrystusem, żył taki durny ptak. Feniks, tak się nazywał. Raz na kilkaset lat budował sobie stos pogrzebowy i się na nim spalał; chyba musiał być bliskim krewnym człowieka. Tylko że za każdym razem po tym, jak spłonął, odradzał się z popiołów, wstawał z nich jak nowy. Wygląda na to, że my robimy to samo, raz po raz, z tą jednak różnicą, że mamy coś, czego ten cholerny feniks nigdy nie miał: my wiemy, jakie głupstwo przed chwilą zrobiliśmy. Wiemy o wszystkich głupstwach, jakie popełniliśmy przez ostatni tysiąc lat. Jeżeli o nich nie zapomnimy i nie będziemy próbowali ukrywać tej wiedzy, to pewnego dnia przestaniemy budować sobie te przeklęte stosy i wskakiwać w ich środek. W każdym pokoleniu będzie przybywało takich, którzy pamiętają.

Zdjął patelnię z ognia. Odczekali, aż bekon ostygnie, i go zjedli, bez pośpiechu, w zadumie.

– Ruszajmy w górę rzeki – powiedział Granger. – Pamiętajcie o jednym: nie jesteście najważniejsi. Jesteście niczym. Pewnego dnia brzemię, które dźwigamy, może komuś pomóc. Ale nawet kiedy dawno temu mieliśmy książki stale pod ręką, bynajmniej nie wykorzystywaliśmy zawartej w nich wiedzy. Woleliśmy obrażać zmarłych. Woleliśmy pluć na groby wszystkich nieszczęśników, którzy pomarli przed nami. Przez następny tydzień, miesiąc, rok spotkamy wielu samotnych ludzi. Kiedy będą nas pytać, co robimy, możecie odpowiadać, że pamiętamy. Bo to właśnie pamięć przyniesie nam ostateczne zwycięstwo. Nadejdzie dzień, w którym przypomnimy sobie dość, by zbudować największą koparkę w dziejach ludzkości, wykopać największy na świecie grób, wrzucić do niego wojnę i ją pogrzebać. Ale na razie musimy zbudować fabrykę, która przez najbliższy rok będzie produkowała tylko i wyłącznie lustra, a my będziemy się w nich długo, bardzo długo przeglądać.

Skończyli jeść i zagasili ognisko. Dzień jaśniał coraz bardziej, jakby ktoś podkręcił knot w świecącej na różowo lampie. Ptaki, które wcześniej się rozpierzchły, wróciły i rozsiadły się w koronach drzew.

Montag ruszył na północ, a gdy po chwili stwierdził zdumiony, że pozostali poszli w jego ślady, usunął się na bok, żeby przepuścić Grangera. Ten jednak tylko na niego spojrzał i ruchem głowy ponaglił go do dalszego marszu. Montag poszedł więc przodem. Patrzył na rzekę, na niebo, na zardzewiałe tory prowadzące do krainy farm i pól, w której stodoły były pełne siana i przez którą tej nocy przeszło wielu uchodzących z miasta ludzi. Wkrótce – za miesiąc, pół roku, z pewnością nie później niż za rok – on również tędy przejdzie, tym razem sam, i będzie szedł tak długo, aż tych uchodźców dogoni.

Na razie jednak czekał go długi poranny marsz, marsz do południa. Jeśli jego towarzysze milczeli, to dlatego, że mieli bardzo dużo do przemyślenia i mnóstwo do zapamiętania. Może później, gdy słońce wespnie się wyżej i ich rozgrzeje, zaczną rozmawiać albo po prostu mówić o rzeczach, które zapamiętali – żeby upewnić się, na czym stoją; żeby zyskać absolutną pewność, że nic im nie grozi. Czuł narastające poruszenie wśród słów, ich powolne perkotanie. Kiedy przyjdzie jego kolej, co powie? Co będzie miał do zaoferowania w taki dzień jak dzisiaj, żeby uprzyjemnić tę wędrówkę? Wszystko ma swój czas. Tak. Jest czas burzenia i czas budowania. Tak. Czas milczenia i czas mówienia. To wszystko prawda. Ale co jeszcze? Co jeszcze? Coś, coś...

Po obu brzegach rzeki, drzewo życia, rodzące dwanaście owoców – wydające swój owoc każdego miesiąca – a liście drzewa służą do leczenia narodów[*].

Tak, pomyślał, ten cytat przypomnę im w południe. W samo południe...

Kiedy dotrzemy do miasta.

---

* Cytat z Biblii za Biblią Tysiąclecia (przyp. tłum.).

spis treści

WSZYSCY NA ZANZIBARZE

John Brunner

Na Ziemi na początku XXI wieku tłoczy się ponad siedem miliardów ludzi. Jest to epoka inteligentnych komputerów, psychodelicznych narkotyków w wolnej sprzedaży, polityki uprawianej za pomocą zabójstw i naukowców obłaskawiających wulkany poprzez palenie kadzideł... Histeria niebezpiecznie przeludnionego świata przedstawiona w olśniewająco nowatorskim stylu.

TRYLOGIA CIĄGU

William Gibson

Kultowa trylogia Gibsona, zapoczątkowana „Neuromancerem", za którego autor otrzymał najważniejsze nagrody światowej fantastyki: nagrodę im. Philipa K. Dicka, Hugo i Nebulę. Pierwsze wydanie zbiorcze.

NEUROMANCER

Case, jeden z najlepszych „kowbojów cyberprzestrzeni" poruszających się w wirtualnym wszechświecie, popełnił błąd, za który został srogo ukarany. Za nielojalność wobec zleceniodawców płaci uszkodzeniem systemu nerwowego, co uniemożliwia mu dalszą pracę i skazuje na uwięzienie we własnym ciele. W poszukiwaniu lekarstwa wyrusza do Japońskiej Chiby, gdzie zdobywa fundusze, by w nielegalnych klinikach odzyskać zdolność podłączania swego umysłu do komputera.

GRAF ZERO

Turner, niezależny cyberwiedźmin, specjalizuje się w podkradaniu ludzi wielkim korporacjom. Odtworzony na nowo po wybuchu, rusza w ślad za wynalazcą nowego typu biochipów, ale firma nie zamierza go oddać konkurencji żywego. Bobby, pod pseudonimem Graf Zero, chce zostać hakerem, kowbojem cyberprzestrzeni. Jego pierwszym zadaniem ma być włamanie do słabo strzeżonej bazy danych z filmami porno. Jednak w czasie włamania prawie ginie, a posiadanym przez niego programem zaczynają się interesować potężni ludzie...

MONA LIZA TURBO

Mona to dziewczyna o mętnej przeszłości, która dzięki swemu podobieństwu do Angie Mitchell, największej gwiazdy światowej sieci video, zostaje wplątana w plan porwania gwiazdy. Spiskiem kieruje widmowa jaźń, która ma swoje plany wobec Mony, Angie i całej ludzkości. W sprawę wplątani są także szefowie Yakuzy, japońskiego podziemia przestępczego...

TRAWA

Sheri Tepper

Wiele pokoleń temu ludzie uciekli na kosmiczną anomalię zwaną Trawą. Jednakże, zanim tam przybyli, inny gatunek uznał planetę za swój dom i zbudował na niej swoją kulturę... Teraz śmiercionośna zaraza rozprzestrzenia się pośród gwiazd, nie omijając żadnego świata poza Trawą. Okazuje się, że za tajemnicą odporności planety kryje się prawda tak wstrząsająca, że może oznaczać koniec wszelkiego życia.

PRZEDRZEŹNIACZ

Walter Tevis

W umierającym świecie, w którym ludzie są odurzeni narkotykami i pogrążeni w elektronicznej błogości, gdzie nie ma sztuki, literatury i nie rodzą się dzieci, gdzie niektórzy wolą dokonać samospalenia niż dalej żyć, Spofforth jest najdoskonalszą maszyną, jaką kiedykolwiek stworzono. Mimo to ma tylko jedno, niemożliwe do spełnienia pragnienie – chce przestać istnieć. Jednak nawet w tych ponurych i przygnębiających czasach pojawia się iskierka nadziei, którą stanowią namiętność i radość, jakie pewien mężczyzna i pewna kobieta odkrywają w miłości i książkach. To nadzieja na lepszą przyszłość, a może nawet nadzieja dla Spofforth'a.

NA FALI SZOKU

John Brunner

Był najbardziej niebezpiecznym z żyjących zbiegów, ale nie istniał! Nickie Haflinger żył życiem dwudziestu różnych ludzi... ale, formalnie rzecz biorąc, w ogóle go nie było! Uciekł z Tarnover, zaawansowanego rządowego think tanku, w którym go wykształcono. Najpierw złamał swój kod tożsamości, a potem zwiał. Następnie rozpoczął poszukiwania czegoś, co pozwoli przywrócić zdrowy rozum oraz wolność osobistą zniewolonym przez komputery masom, i uratować stojący na skraju katastrofy świat. Nie dbał o to, jak to zrobi, ale rząd był tym bardzo zainteresowany. Dlatego nauczyciele z Tarnover sprowadzili go z powrotem do swych laboratoriów,gdzie Nickiego Hallingera czekał zupełnie nowy rodzaj edukacji!

HYPERION

Dan Simmons

W obliczu zbliżającej się nieuchronnie międzygalaktycznej wojny na planetę Hyperion przybywa siedmioro pielgrzymów: Kapłan, Żołnierz, Uczony, Poeta, Kapitan, Detektyw i Konsul. Mają za zadanie dotrzeć do mitycznych grobowców, by znaleźć w nich budzącą grozę istotę. Zna ona być może metodę, która pozwoli zapobiec zagładzie całej ludzkości. Każdy z pielgrzymów może przedstawić jej swoją prośbę, lecz wysłuchany zostanie tylko jeden. Pozostali będą musieli zginąć.

UPADEK HYPERIONA

Dan Simmons

Tajemnicze Grobowce Czasu otwierają się. W rękach Dzierzby, który się z nich wynurzył, może spoczywać los całego rodzaju ludzkiego. Wygnańcy przypuścili szturm na Hegemonię Człowieka. Stworzone przez nas Sztuczne Inteligencje obróciły się przeciwko nam w próbie zbudowania Najwyższego Intelektu: Boga. Boga Maszyn. Jego powstanie może oznaczać unicestwienie ludzkości.

Za sprawą nieznanych sił losy Hegemonii, Wygnańców, SI i całego wszechświata splatają się wokół Dzierzby.

Oto wspaniała wizja przyszłości, w której wysoko rozwinięta technika miesza się z pradawnymi religiami, odkrycia naukowe łączą się z ponadczasową tajemnicą, a niezrównana ekstaza płynnie przechodzi w obezwładniającą zgrozę.

ODWRÓCONY ŚWIAT

Christopher Priest

Miasto przemierza zrujnowany świat po torach, które trzeba stale przed nim układać, a następnie usuwać. Jeżeli się zatrzyma, zostanie w tyle za „optimum" i wpadnie w miażdżące pole grawitacyjne. Brak postępu oznacza śmierć.

Rządzący miastem starają się, żeby mieszkańcy nie zdawali sobie z tego sprawy. Jednak kurcząca się populacja staje się niespokojna. A przywódcy wiedzą, że miasto coraz bardziej zwalnia.

CZŁOWIEK, KTÓRY SPADŁ NA ZIEMIĘ

Walter Tevis

Thomas Jerome Newton przybywa na Ziemię. Celem jego wizyty jest zdobycie wody, której dramatyczny brak jest przyczyną wymierania życia na jego rodzimej planecie. Korzystając ze swoich nadludzkich możliwości, szybko zaczyna zdobywać fortunę niezbędną do realizacji projektu. Niestety, sprawy się komplikują. Newton coraz bardziej zwleka z wykonaniem zadania.

Niezwykle realistyczna opowieść o obcym na Ziemi – realistyczna na tyle, że staje się metaforą naszego własnego egzystencjalnego smutku i samotności.

ŚLEPE STADO

John Brunner

Ta powieść, od lat uznawana za klasyczną, jest dramatycznym i proroczym spojrzeniem na przyszłe skutki niszczenia ziemskiego środowiska. W tym koszmarnym świecie powietrze zatrute jest tak bardzo, że powszechnie używa się masek filtracyjnych. Rośnie śmiertelność noworodków i wygląda na to, że każdy człowiek na coś choruje. Woda jest zatruta, a tę z kranu pije tylko biedota. Władza praktycznie nie funkcjonuje, a korporacje dorabiają się na filtrach do wody, maskach i organicznej żywności.

Działacz ekologiczny, Austin Train, musi się ukrywać. Trainiści – ruch ekologiczny, czasami posuwający się do terroryzmu – chcą, by im przewodził. Władze chcą go aresztować, a najchętniej stracić. Media chcą mieć igrzyska. Wszyscy coś dla niego planują, Train jednak ma swój własny plan.

SKRZYDŁA NOCY

Robert Silverberg

Dziejące się w dalekiej, umownej przyszłości, na zbankrutowanej, siłą przejętej za długi przez obcą rasę Ziemi, „Skrzydła nocy" są piękną, liryczną opowieścią o pielgrzymce starego, beznadziejnie zakochanego, obciążonego poczuciem winy człowieka, przemierzającego ruinę swego świata w poszukiwaniu wiedzy, dającej ukojenie i akceptację, a także zdolnej podnieść ludzkość na nowy poziom rozwoju.

ENDYMION

Dan Simmons

Mija prawie trzysta lat od upadku Hegemonii. Większością planet rządzi Kościół katolicki i jego zbrojne ramię – organizacja Pax. Istnieje jednak śmiertelne zagrożenie dla nowej władzy. Jest nim Enea, jedenastoletnia córka Brawne Lamii i Johnny'ego, która ma stać się nowym mesjaszem ludzkości. Ścigani przez wszechwładny Pax dziewczynka i jej ochroniarz Raul Endymion przemierzają czas i przestrzeń, by w końcu trafić na Ziemię ukrytą poza naszą galaktyką przez tajemniczą siłę.

WYPALIĆ CHROM

William Gibson

William Gibson zyskał powszechną sławę, jako czołowy przedstawiciel nowej odmiany science fiction, przenoszącej współczesną technologię (w szczególności technikę komputerową) w przyszłość rozpadu miast zdegenerowanej obyczajowości pokoleń postpunkowych.

Oto pierwszy tom jego opowiadań. Neuromancer zdobył wszystkie nagrody, ale największym osiągnięciem Williama Gibsona na zawsze pozostaną krótsze formy. Opowiadania te, stanowiące jednocześnie elegię i satyrę społeczną, pokazują sposób, w jaki redefiniuje się dzisiejsza sf. Gibson jako wirtuoz ścieżek szybkiego przewijania, ukazuje nam drogę, którą podążyć może literatura.

LUNA: NÓW

Ian McDonald

Po misternie utkanych fabułach z intrygującym spojrzeniem na przyszłość krajów takich, jak Indie, Brazylia i Turcja, Ian McDonald zwrócił się ku Księżycowi. Luna to wciągający thriller o pięciu rodzinnych korporacjach uwikłanych w zaciętą walkę o hegemonię nad surowym księżycowym środowiskiem. Na Księżycu bardzo łatwo zginąć, ale dzięki bogactwu jego złóż równie łatwo się tu dorobić. To fantastyka, która idealnie przemówi tak do fanów Kima Stanley'a Robinsona, jak Kena Macleoda.

Ten pierwszy tom z planowanych dwóch zrobi z Księżycem to samo, co „Rzeka Bogów" z Indiami, a „Dom Derwiszy" z Turcją – odmaluje barwną, intensywną, nadzwyczajną, a jednocześnie wiarygodną przyszłość.

LUNA: WILCZA PEŁNIA

Ian McDonald

Zabito Smoka.

Corta Hélio, jedna z pięciu rządzących Księżycem rodzinnych korporacji, została zniszczona. Rodzina się rozproszyła, wrogowie podzielili majątek między sobą. Minęło osiemnaście miesięcy.

Ocalałe dzieci Cortów, Lucasinho i Luna, uzyskały ochronę potężnego rodu Asamoah, a Robson, który nie doszedł do siebie po gwałtownej śmierci rodziców, jest teraz podopiecznym – a w istocie zakładnikiem – rodu Mackenziech. Natomiast mianowany następca tronu, Lucas Corta, zniknął z powierzchni Księżyca.

Jedynie lady Sun, głowa rodu Sunów i korporacji Taiyang, podejrzewa, że Lucas jednak żyje i wciąż jest liczącym się graczem. Przecież zawsze był królem intrygi – i nie zawahałby się zaryzykować nawet życia, by zbudować nowe Corta Hélio, jeszcze potężniejsze niż przedtem. Potrzebuje jednak sojuszników – aby ich zyskać, porywa się na podróż na Ziemię, wyprawę niewykonalną dla urodzonego na Księżycu człowieka.

W niestabilnym księżycowym klimacie zwieńczeniem intryg, zmieniających się sojuszy i politycznych machinacji wielkich rodów staje się otwarta, krwawa wojna.

„Luna: Wilcza" pełnia jest kontynuacją sagi o pięciu księżycowych Smokach.

CIEMNY EDEN

Chris Beckett

Na odległej, obcej i pozbawionej słońca planecie zwanej Edenem, pięciuset trzydziestu dwóch członków Rodziny szuka schronienia w świetle i cieple drzew lampowych.

Wokół Lasu rozciąga się Śnieżne Ciemno – góry tak wysokie, mroźne i spowite tak gęstym mrokiem, że dotąd nie pokonał ich żaden człowiek.

Najstarsi w Rodzinie powtarzają legendy o świecie, w którym światło padało z nieba, a ludzie potrafili budować łodzie pływające między gwiazdami.

Takie łodzie przywiozły nas tutaj, powtarzają, Rodzina powinna więc czekać na powrót gwiezdnych podróżników.

Jednakże młody John Czerwoniuch złamie edeńskie prawa, rozbije Rodzinę i odmieni historię. Porzuci stare zwyczaje, zapuści się w Ciemno... i odkryje prawdę o swoim świecie.

Powieść zdobyła nagrodę im. Arthura C. Clarke'a, za najlepszą powieść science fiction roku 2013.

MATKA EDENU

Chris Beckett

Na dalekiej, pozbawionej słońca planecie, którą jej mieszkańcy nazywają Edenem, wyrosła cywilizacja. Ledwie parę pokoleń temu było ich kilkuset i tulili się do światła i ciepła edeńskich lampodrzew, bojąc się zapuścić dalej w zimny mrok. Teraz ludzkość rozeszła się po całym Edenie i powstały dwa królestwa, oba utrzymujące się dzięki przemocy i zdominowane przez mężczyzn. Oba mają się za prawowitych potomków Geli, kobiety, która przybyła na Eden dawno temu w łodzi pływającej między gwiazdami i stała się matką ich wszystkich. Młoda Gwiazdeczka Strumyk, spotykając przystojnego i potężnego mężczyznę, który przypłynął z drugiej strony Stawu, myśli, że znajdzie pole do popisu dla swojej ambicji i energii. Nie ma jednak pojęcia, że będzie musiała zostać zastępczynią Geli i nosić na palcu jej pierścień, a gdy obejmie tę rolę, jednocześnie pełną władzy i całkiem jej pozbawioną, spróbuje całkowicie odmienić historię Edenu.

MODYFIKOWANY WĘGIEL

Richard Morgan

W dwudziestym szóstym wieku ludzkość rozprzestrzeniła się po galaktyce, zabierając ze sobą w zimny kosmos podziały rasowe i religijne. Pomimo napięć i wybuchających tu i ówdzie krwawych wojen, Protektorat NZ trzyma nowe światy żelazną ręką, wykorzystując do tego elitarne oddziały uderzeniowe: Korpus Emisariuszy.

To, czego nie mogła zagwarantować religia, zapewniła technika. Teraz, gdy świadomość można zapisać w stosie korowym i w prosty sposób przenieść do nowego ciała, śmierć stała się zaledwie drobną niedogodnością. O ile tylko stać cię na nowe ciało...

Były Emisariusz NZ, Takeshi Kovacs, zna smak umierania, to ryzyko zawodowe. Jednakże ostatnia śmierć była szczególnie brutalna. Przetransferowany strunowo na odległość wielu lat świetlnych, upowłokowiony w nowym ciele w San Francisco na Starej Ziemi i rzucony w środek spisku bezwzględnego nawet jak na standardy społeczeństwa, które zapomniało o wartości ludzkiego życia, szybko uświadamia sobie, że pocisk, który wybił dziurę w jego piersi na Świecie Harlana, to dopiero początek problemów.

PEANATEMA

Neal Stephenson

Fraa Erasmas jest młodym deklarantem z koncentu saunta Edhara, azylu dla matematyków, naukowców i filozofów, chroniących się przed zepsuciem dotykającym świata zewnętrznego (Saeculum) pod osłoną prastarego kamienia, odwiecznej tradycji i skomplikowanych rytuałów. Na przestrzeni wieków na zewnątrz, za murami koncentu, powstawały i upadały kolejne miasta i rządy. Trzykrotnie w dziejach świata nastawał mroczny czas przemocy zrodzonej z przesądów i niewiedzy, która unicestwiała zamknięte społeczeństwo matemowe. A jednak deklarantom za każdym razem udało się przetrwać kataklizm i dostosować do nowych realiów; po każdym pogromie żyli coraz skromniej i stawali się coraz mniej uzależnieni od techniki i dóbr materialnych. Jednakże Erasmas nie boi się świata zewnętrznego, extramuros. Od ostatnich Straszliwych Wypadków minęło wiele, wiele lat.

Dla uczczenia przypadającego raz na dziesięć lat i trwającego tydzień rytuału zwanego apertem, fraa i suur szykują się do wyjścia poza bramy azylu, które zostaną otwarte na oścież i przy okazji udostępnią wnętrze koncentu ciekawskim „statystom". Erasmas, dla którego jest to pierwszy apert, nie może się doczekać chwili, gdy znów zobaczy znajome widoki i spotka się z rodziną, z którą nie miał kontaktu od czasu „kolekty". Zanim jednak upłynie tydzień przeznaczony na apert, oba jego życia – to, które porzucił, i to, które wybrał – zawisną na włosku w obliczu przemian o iście kosmicznych proporcjach.

Nieprzewidziane i potężne siły zagrażają stabilności matemów i rutynie życia extramuros. Tylko niepewny sojusz sekularów i deklarantów może przeciwstawić się tej groźbie, toteż Erasmas – podobnie jak jego przyjaciele, znajomi i nauczyciele – zostaje wezwany poza bezpieczne koncentowe mury, by wspólnie zapobiec światowej katastrofie. Kiedy na jego barkach nieoczekiwanie spoczywa oszałamiająca odpowiedzialność, stwierdza nagle, że gra jedną z głównych ról w przedstawieniu, które zadecyduje o losach świata. Wyrusza w niezwykłą podróż, która zawiedzie go w najbardziej niebezpieczne i niegościnne rejony ojczystej planety – a nawet jeszcze dalej...

DIASPORA

Greg Egan

Najśmielszy ze współczesnych pisarzy fantastyki, Greg Egan, stworzył kwantowy nowy wspaniały świat, doskonałą opowieść o czasach, w których nie tylko ludzkie życie, lecz również sama cielesna rzeczywistość jest już tylko wspomnieniem...

Jest trzydziesty wiek. „Świat" przerodził się w szeroką sieć sond, satelitów i serwerów, łączących cały Układ Słoneczny w jedno środowisko. Ludzkość również się przekształciła. Większość ludzi wybrała nieśmiertelność, stała się świadomym oprogramowaniem zamieszkującym rozmaite polis. Inni wybrali wymienne ciała robotów, pragnąc zachować kontakt ze światem fizycznym. Nieliczni uparcie trzymają się ciała, wiodąc anachroniczną egzystencję w błocie i dżunglach Ziemi.

Jest też Sierota, bezpłciowe, cyfrowe stworzenie wyhodowane z ziarna umysłu.

Gdy na cielesnych ludzi spada nieoczekiwana katastrofa, mieszkańcy polis uświadamiają sobie, że im również mogą zagrozić dziwaczne astrofizyczne procesy z pozoru łamiące fundamentalne prawa natury. Sierota z garstką uchodźców wyruszają na poszukiwania wiedzy, która ocali wszystkich. Ta droga zaprowadzi ich do wyższych wymiarów, położonych poza makrokosmosem...

TLEN

Geoff Ryman

Jest rok 2020. Na całym świecie, a więc i w Karzistanie, małym kraiku leżącym gdzieś w środkowej Azji, przeprowadzony zostaje test „Tlenu": globalnej sieci obywającej się bez komputerów i interfejsów. Wykorzystującej bezpośrednio specjalnie sformatowane fragmenty mózgu.

Test kończy się źle, są ofiary śmiertelne. A w małej, zagubionej w karzistańskich górach wiosce spaja on w jedno dwie osobowości: głównej bohaterki, kobiety w średnim wieku, Mae Chung, i zmarłej w jego trakcie ślepej staruszki pamiętającej bardzo dawne czasy. „Tlen" ma powrócić za rok, po poprawkach, obie kobiety istnieją w nim jednak już teraz. Jako jedna osobowość. Istnieją jednocześnie w „Tlenie", gdzie ludzie nie mają ciał, i w ciele Mae.

Mae Chung, choć analfabetka, jest inteligentna, sprytna i mądra. Stara się przygotować konserwatywną wiejską społeczność na nieuniknione zmiany. Rozwija biznes w dotychczasowej, klasycznej sieci, bogaci się, uczy nowego świata siebie i innych, choć los nie szczędzi jej osobistych dramatów. Drugie „ja" Mae, obrócone w przeszłość, sprzeciwia się wszelkim zmianom. Do końca nie wiemy, które zwycięży. Do końca nie wiemy nawet, czym jest zwycięstwo: zwieńczeniem tradycji czy jej zagładą?

Mae Chung to chyba najpełniej KOBIECA bohaterka współczesnej fantastyki naukowej. A „Tlen" jest zaskakującą i piękną opowieścią o tym, jak przeżyć między młotem nowego, które nie chce nadejść, i kowadłem starego, które nie chce odejść.